AF221898

Weihnachtliche

Geschichten

Hans-Jürgen Straßburg

Weihnachtliche Geschichten

zum Vorlesen

*Bibliographische Information der Deutschen Nationalbibliothek:
Die Deutsche Nationalbibliothek verzeichnet diese Publikation in der
Deutschen Nationalbibliografie; detaillierte bibliografische Daten
sind im Internet über http://dnb.dnb.de abrufbar.*

© 2021 by Hans-Jürgen Straßburg

Lektorat: Ilse Straßburg

Alle Rechte vorbehalten

Herstellung: BoD – Books on Demand, Norderstedt

13-stellige ISBN: 9 783 754 318 539

Inhalt

Vorwort:

„Dass du als Naturwissenschaftler solche Geschichten schreiben kannst, verstehe ich nicht!" Diesen oder einen ähnlichen Satz habe ich schon oft gehört. Vielleicht liegt es aber genau daran, dass ich als Naturwissenschaftler einen Ausflug in die Fantasie brauche.

Entstanden sind die Geschichten in dem Zusammenhang, dass ich oftmals den Auftrag hatte, in einer kleinen Feierstunde auf das Weihnachtsfest vorzubereiten. Dazu suchte ich dann in verschiedenen Büchern und auch im Internet nach passenden Geschichten. Aber längst nicht alles, was ich fand, passte auch in diesen Rahmen.

So kam ich auf die Idee, selbst solche Geschichten zu verfassen. Dabei hatte ich schon Mühe, mir einen passenden Handlungsablauf zu überlegen. War dieser erst einmal gefunden, machte es mir großen Spaß, die Geschichten aufzuschreiben.

Ich wünsche nun allen Leserinnen und Lesern, dass sie beim Schmökern in diesen kleinen Begebenheiten auch die Freude verspüren, die ich beim Aufschreiben hatte und dass sie für einige Augenblicke den Alltag hinter sich lassen können.

im August 2021

Ein Geschenk für Oma

Es war der zweite Advent. Vater Kruse hatte die beiden Lichter am Adventskranz angezündet. Kaffee und der appetitlich duftende Stollen standen auf dem Tisch. Lisa wollte gleich zugreifen. Mit ihren 5 Jahren war ihr nicht klar, dass sie noch warten sollte. Ihr 4 Jahre älterer Bruder Thomas wies sie zurecht: „Wir fangen erst an, wenn Mutti da ist!"

Es dauerte nicht lange, dann kam die Mutter herein. In der Hand trug sie einen mit leckeren Weihnachtsplätzchen gefüllten Teller. Nun konnte es losgehen. Alle ließen sich die köstlichen Sachen gut schmecken.

Schließlich brachte der Vater das Gespräch auf das Thema Weihnachtsgeschenke. Für beide Kinder war klar, dass diese nicht vom Weihnachtsmann kamen, sondern von ihren Eltern besorgt wurden.

Lisa hatte eine klare Vorstellung von ihrem Geschenk: Das Puppenkleid, das sie neulich im Schaufenster des Spielwarengeschäftes gesehen hatte, das sollte es sein. Während sie ihren Wunsch aussprach, schloss sie die Augen. Im Geiste stand sie vor dem Geschäft und malte sich aus, wie das Kleid ihrer Puppe stehen würde.

Auch Thomas musste nicht lange überlegen. Es gab ein neues Spiel für seinen Computer, ein Spiel, bei dem man ‚auch ganz viel lernt', wie Thomas immer wieder betonte. Das wünschte er sich zu Weihnachten.

Für ihre Eltern hatte die Kinder auch schon etwas geplant: Lisa würde ein Bild malen, das die ganze Familie zusammen mit der Oma zeigen sollte. Thomas hatte in der Schule mit der Laubsäge ein Reh vor einer Tanne ausgeschnitten. Das würde er, nachdem er es angemalt hatte, seinen Eltern schenken.

„Und was ist mit Oma? Was schenken wir ihr?" Einen Moment war es still, als die Mutter diese Frage in den Raum gestellt hatte. Dann sagte Thomas: „Wir können ihr doch den Schal und die Jacke einpacken, die wir ihr letztes Jahr geschenkt haben. Das merkt sie doch sowieso nicht, so vergesslich, wie sie ist."

Die Eltern schauten sich betroffen an. Thomas verstand den erstaunten Gesichtsausdruck seiner Eltern nicht so ganz. Für ihn war das völlig logisch: Sein Vater hatte mehrmals in diesem Jahr Kurzarbeit machen müssen. Da war das Geld knapp gewesen. Sogar sein Taschengeld war um einen Euro gekürzt worden. Also mussten sie sparen – und warum nicht auf diese Weise.

An diesem Abend ließ man das Thema ruhen. Aber der Vater würde noch einmal mit Thomas reden. –

Wenige Tage später nahm er ihn zur Seite und erzählte, was kurz nach seiner Geburt passiert war. Die Mutter und er hatten einen schweren Autounfall gehabt, sie mussten mehrere Wochen im Krankenhaus bleiben. Während dieser Zeit hatte sich die Oma um Thomas gekümmert, ihn versorgt und gepflegt. Das war ihr nicht leicht gefallen, aber sie hatte es gemacht, damit es Thomas gut ging.

Erschrocken sah Thomas seinen Vater an. Von dem Autounfall hatte er schon gehört, aber dass seine Oma ihn versorgt hatte, das war ihm neu. Er hatte sich bisher auch noch keine Gedanken darüber gemacht.

„Nun ist Oma krank", fuhr der Vater fort, „sie vergisst schon sehr viel. Aber es ist nicht in Ordnung, wenn wir sie zu Weihnachten dermaßen behandeln würden." Thomas nickte. Er verstand, was ihm sein Vater damit sagen wollte, und er versprach, über ein schönes Weihnachtsgeschenk für die Oma nachzudenken. –

Am dritten Advent saß die Familie wieder zusammen am Kaffeetisch. Der Vater hatte drei Kerzen angezündet und die Mutter wieder köstlichen Kuchen auf den Tisch gestellt. Bevor alle zugreifen konnten, sagte Thomas: „Ich habe mir etwas überlegt."

Die anderen wussten nicht, was er meinte. Und so musste er es ein bisschen ausführlicher erklären. „Wir suchen doch immer noch ein Weihnachtsgeschenk für Oma." Die anderen nickten. „Und Oma ist doch so vergesslich." Wieder bekam er Zustimmung. „Als wir sie das letzte Mal besucht haben, hat sie mindestens eine halbe Stunde ihre Brille gesucht." Es waren zwar höchstens fünf Minuten gewesen, aber der Vater wollte ihn nicht unterbrechen.

Nun hatte Thomas seinen großen Auftritt: „Ich weiß jetzt, was wir Oma schenken können." Alle sahen ihn gespannt an. Er genoss diesen Augenblick, weil alle Augen auf ihn gerichtet waren. Kunstvoll legte er eine Pause ein, bevor er weiter sprach: „Meine Lehrerin hat auch eine Brille, die hat sie früher immer gesucht. Jetzt trägt sie sie mit einer Kette um den Hals. – Und so eine Kette schenken wir Oma." Nun war es heraus.

Wieder schauten sich die Eltern an, dieses Mal aber nicht betroffen, sondern glücklich und ein wenig stolz. Thomas war aber noch nicht fertig. Aus seiner Hosentasche angelte er fünf Ein-Euro-Münzen und legte sie auf den Tisch: „Und das ist mein Beitrag zu dem Geschenk. Die habe ich vorhin aus meiner Spardose herausgenommen." –

Es bleibt noch nachzutragen, dass sich Oma über die Brillenkette sehr gefreut hat. Gleich am Heiligen Abend befestigte der Vater die Kette an der Brille. Nun brauchte Oma nicht mehr nach ihr zu suchen, sondern hatte sie immer um den Hals hängen.

Als der Vater dann andeutete, dass die Idee für dieses Geschenk von Thomas kam, glitzerte es in ihren Augen verdächtig und sie drückte ihren Enkel besonders fest an sich, als sie sich bei ihm bedankte.

Jesu Geburtstag

„Onkel Richard kommt zu Besuch und bleibt über Weihnachten." Die Mutter hatte den Satz kaum beendet, da jubelten Tim und Jan laut los. Onkel Richard war ihr Lieblingsonkel. Aber vor allem konnten sie ihn alles fragen, und die beiden Jungen waren mit ihren 11 und 9 Jahren gerade im richtigen Fragealter.

Einmal wollten sie von ihm wissen, wie eine Dampfmaschine funktionierte, dann fragten sie ihn, wieso man mit einer Rakete zum Mond fliegen könnte und schließlich musste er ihnen erklären, warum es im Sommer warm und im Winter kalt war.

Onkel Richard war Professor an einer Universität und wusste auf alle diese Fragen immer eine Antwort. Und er konnte es seinen Neffen so einfach erklären, dass sie es auch verstanden.

Als nun die ganze Familie am 23. Dezember mit Onkel Richard zu Abendbrot gegessen hatten, zwinkerte er seinen beiden Neffen zu: „Na, was wollt ihr heute von mir wissen?"

Die beiden Jungen hatten sich in den letzten Tagen schon eine Frage überlegt: „Du, Onkel Richard, wann wurde eigentlich das Christkind geboren?"

Er antwortete ihnen prompt: „Am 12. November im Jahre 7 vor unserer Zeitrechnung, also im Jahre 7 vor Christi Geburt."

Tim und Jan sperrten den Mund auf, auch der Vater war erstaunt und die Mutter schüttelte ganz leicht den Kopf. Mit einer solchen Antwort, die ein genaues Datum enthielt, hatte keiner gerechnet.

Tim, der jüngere der beiden Kinder, fand als erster die Sprache wieder: „Das kann doch nicht stimmen. Wir feiern den Geburtstag doch immer am 25. Dezember." Und auch Jan meldete Bedenken an: „Wieso kann jemand 7 Jahre vor dem Jahr geboren sein, das nach ihm benannt wurde? Das verstehe ich nicht."

Onkel Richard schmunzelte. Genau so hatte er sich die Reaktion auf seine Antwort vorgestellt. „Das kann ich euch erklären", begann er. „Man nahm es früher mit den Jahreszahlen nicht so genau. Man sagte nur: ‚Ich wurde geboren, als Kaiser Oktavian regierte.' oder ‚Oma ist gestorben, als König Augustus an der Macht war.'"

„Dann wussten die Menschen früher gar nicht genau, wann sie geboren worden sind", überlegte Jan. Onkel Richard nickte.

„Erst viel später hatte man einen Kalender eingeführt, so wie wir ihn heute kennen. Ein kluger Mönch hatte 500 Jahre nach Christi Geburt die Jahreszahlen aufgeschrieben. Dabei war ihm aber ein Fehler von 7 Jahren unterlaufen. Deshalb wurde Jesus schon im Jahr 7 vor unserer Zeitrechnung geboren."

„Aber warum hat man das nicht korrigiert?" meldete sich nun der Vater zu Wort, den dieses Thema auch zu interessieren begann.

„Nun, als man diesen Irrtum bemerkt hatte, war es zu spät. Man hätte in allen Ländern 7 Jahreszahlen ausfallen lassen müssen, und das wäre schwierig geworden. So blieb man dabei."

Tim hatte ganz schnell nachgerechnet: „Dann wäre ich ja mit einem Schlag 7 Jahre älter." Man merkte seiner Äußerung an, dass er darunter litt, 2 Jahre jünger zu sein als sein Bruder. Damit war er immer „der Kleine". – In seiner Überlegung hatte er gar nicht berücksichtigt, dass sein Bruder auch automatisch 7 Jahre älter sein würde.

„Aber warum war es gerade der 12. November?" hakte Jan nach. Und auch hierauf wusste Onkel Richard eine Antwort: „In Jerusalem und Israel interessierte sich kaum einer für die Sterne und die Astronomie. Aber in Babylon, einer Stadt, die 600 km weiter östlich liegt, hat man die Sterne genau beobachtet. Und die drei weisen Männer, die sich von dort auf den Weg machten, haben einen hellen Stern gesehen. Genau genommen haben sie zwei Sterne gesehen, die so dicht beieinander standen, dass man sie nicht auseinanderhalten konnte."

„Und dann sind die Männer in den Königspalast zu Herodes gegangen und haben nach dem neugeborenen König gefragt." Jan erinnerte sich an die letzte Stunde im Religionsunterricht.

„Genau", sagte Onkel Richard, „aber der wusste von nichts. Da haben die Männer sich weiter nach dem Stern gerichtet und sind nach Bethlehem gekommen. Erst dort war der Stern nicht mehr zu sehen. Aber den brauchten sie ja auch nicht, denn sie waren ja am Ziel und hatten das Jesuskind gefunden." Onkel Richard machte eine Pause.

„Mit den Computern hat man heute nachgerechnet, wann die zwei Sterne so dicht beieinandergestanden haben, dass man sie für einen einzigen Stern halten konnte. Und das war eben genau am 12. November im Jahr 7 vor Christus."

Tim dachte kurz nach. Dann strahlte er übers ganze Gesicht: „Das ist ja toll, dann kriege ich im nächsten Jahr zweimal Geschenke, einmal am 12. November und dann, wenn wir alle Weihnachten feiern." Hier bremste aber die Mutter die Begeisterung, indem sie energisch den Kopf schüttelte. „Schade", seufzte Tim.

„Du hast uns aber noch nicht gesagt, warum wir Weihnachten am 25. Dezember feiern und nicht am 12. November." Jetzt wollte es Jan ganz genau wissen.

„Nun, das exakte Datum weiß man erst seit ein paar Jahren. Den 25. Dezember hat ein Papst eingeführt. Die Römer hatten an diesem Tag den Sonnengott gefeiert. Schließlich wurden von nun an die Tage wieder länger. Aber der Papst wollte nicht, dass man Götter wie den Sonnengott verehrt. Deshalb hat er etwa im Jahre 300 festgelegt, dass man an diesem Tag den Geburtstag des Jesuskindes feiern sollte."

„Toll, was du alles weißt", sagte Tim ehrfürchtig, als Onkel Richard fertig war. Er nahm sich vor, auch so viel zu lernen wie sein Onkel, damit er später alle diese Fragen selbst beantworten könnte.

Als die Mutter den beiden Jungen „Gute Nacht" sagte, meinte Jan: „Morgen werde ich unseren Pastor in der Kirche fragen, ob er weiß, wann Jesus wirklich geboren ist. Ich wette, das weiß er nicht." Die Mutter lächelte, als sie ihm übers Haar strich: „Hauptsache ist doch, dass er überhaupt geboren ist."

Beim Weihnachtsmann

Der Duft von frisch gebackenen Plätzchen und anderem Weihnachtsgebäck zog durch die Wohnung. Es roch so appetitlich nach Zimt, Nelken und den anderen weihnachtlichen Gewürzen. Da konnte einem schon das Wasser im Munde zusammenlaufen.

Die Mutter nahm in der Küche gerade das zweite Blech mit leckeren Plätzchen aus dem Ofen. Solange das Gebäck noch warm war, sollte es einen Überzug aus Zuckerglasur erhalten. Der Puderzucker war schon angerührt und ein Pinsel steckte in der weißen Masse.

Natürlich wollte Tobias, ihr vierjähriger Sohn, kräftig dabei mithelfen. Also legte ihm seine Mutter einige Plätzchen auf den Tisch und gab ihm auch ein wenig von der Zuckermasse ab. Mit Eifer machte sich der Junge an die Arbeit. Dass nur ganz wenig Zuckerguss auf den Plätzchen landete, dafür aber um so mehr an seinen Fingern, wollen wir hier großzügig übergehen.

„Du, Mutti", begann Tobias ein Gespräch, „ich weiß jetzt, was ich werden will." Das war für die Mutter nichts Neues, sie kannte schon mehrere Berufswünsche ihres Jungen: Astronaut, Lokomotivführer oder, wie sein Vater, Automobilverkäufer.

Tobias holte bei seiner Erklärung ganz weit aus. Diese Art hatte er sich in den letzten Wochen angewöhnt, sehr zum Leidwesen seiner Mutter. Und auch heute begann er ganz am Anfang: „Also, am Weihnachtsabend kommt doch der Weihnachtsmann." Die Mutter nickte zustimmend. „Und er bringt doch die vielen Geschenke." „... für die artigen Kinder", fügte er rasch hinzu. „Ja", bestätigte die Mutter. „Und er muss die ganzen Geschenke doch basteln und anmalen." „... und einpacken", ergänzte er seine eigenen Ausführungen. „Da braucht er doch viel Zeit", stellte er dann fest. „Er muss sicher das ganze Jahr daran arbeiten." Bis jetzt wusste die Mutter noch nicht, worauf Tobias hinaus wollte. Sie räumte die Plätzchen vom ersten Backblech in eine bunt bedruckte Dose und wandte sich dann wieder ihrem Sohn zu.

„Also, ich meine, das ist eine ganze Menge Arbeit." Tobias hatte solche Sätze von seinem Vater gehört und fand sie chic. Bei jeder nur möglichen Gelegenheit brachte er sie an. Dann kam er aber auf den Punkt: „Und ich werde ihm dabei – helfen."

Es entstand eine Pause. Nach einem Blick auf die zuckerverschmierten Finger ihres Sohnes zweifelte die Mutter an dem Erfolg dieses Wunsches.

Als hätte Tobias ihre Gedanken erraten, sagte er ganz betont: „Ich werde dann alles lernen, wie man eine elektrische Eisenbahn baut oder eine Puppenstube oder ein Fahrrad oder ..." An dieser Stelle gingen ihm die Beispiele aus.

Die Mutter brachte den Einwand, er solle erst etwas größer werden, bevor er sich mit solchen schweren Aufgaben beschäftigte. Aber Tobias hatte schon die passende Antwort parat: „Schließlich weiß ich als Kind doch am besten, was die anderen Kinder haben möchten."

Tobias durfte die selbst verzierten Plätzchen aufessen, während die Mutter nun auch das Gebäck vom zweiten Blech in die Dose legte. Dann musste er sich die Finger waschen. Inzwischen war es Zeit für seinen Mittagsschlaf. Schließlich wollte er putzmunter sein, wenn sein Vater von der Arbeit nach Hause kam.

Er legte sich in sein Bettchen und gähnte noch einmal. Schließlich war das Verzieren der Plätzchen ganz schön anstrengend gewesen. Und auch die Erklärung seines zukünftigen Berufes war nicht ganz ohne.

Tobias fühlte noch, wie ihm seine Mutter über das Haar strich. Das letzte, was er sah, war der Weihnachtsmann auf seinem Adventskalender, der neben einem mit Geschenke beladenen Schlitten stand. –

Der Weihnachtsmann war ganz schön groß. Tobias reichte ihm gerade bis an den goldenen Gürtel, mit dem er seinen roten Mantel zugebunden hatte. Bisher hatte er immer seinen Vater für einen großen Menschen gehalten, aber der Weihnachtsmann war noch breiter und größer.

Tobias staunte nicht schlecht. Auch der Schlitten, neben dem er jetzt stand, war viel länger als das Auto seiner Eltern, und sein Vater fuhr schon einen ganz schön großen Wagen.

Das leise Klingeln der Glöckchen lenkte seine Aufmerksamkeit zu den Rentieren, die vor den Schlitten gespannt waren. Es waren auf jeden Fall mehr als vier Tiere, denn bis vier konnte Tobias zählen. Schließlich war er ja auch vier Jahre alt.

Inzwischen hatte sich der Weihnachtsmann zu Tobias heruntergebeugt und fragte: „Na. Tobias, was möchtest du denn?" Die Stimme des Weihnachtsmanns klang tief und liebevoll.

Tobias wunderte sich nicht, dass ihn der Weihnachtsmann mit Namen ansprach. Schließlich musste er ja alle Kinder kennen. Aber in diesem Augenblick hatte er doch ein wenig Angst, dem Weihnachtsmann zu erzählen, was er sich als Beruf ausgedacht hatte.

„Ich glaube, ich weiß, was du auf dem Herzen hast", sprach der Weihnachtsmann nach einer kurzen Pause weiter, „du möchtest mir helfen, alle die Geschenke für die Kinder zu basteln und sie am Heiligen Abend zu ihnen zu bringen."

Nun war Tobias doch ein wenig überrascht und erst recht sprachlos. Woher konnte der Weihnachtsmann das nur wissen. Er hatte diesen Wunsch doch gerade eben erst seiner Mutter erzählt. Und so schnell konnte sie ihn doch nicht weiter gegeben haben.

„Ja, Tobias, ich kennen deinen Wunsch. Aber ich muss dir sagen, so einfach ist das nicht. Aber komme einmal mit, ich werde dir etwas zeigen." Er nahm Tobias an die Hand und ging mit ihm in eine kleine Hütte. ‚Ob der Weihnachtsmann hier wohnt?', fragte sich Tobias, als er sich umsah. Ein Kaminfeuer verbreitete wohlige Wärme. Aber sonst gab es nur wenige Möbel in dem Raum.

Der Weihnachtsmann öffnete seinen Mantel und setzte sich an seinen Schreibtisch. Tobias konnte gerade auf die Schreibtischplatte sehen. Der Weihnachtsmann zog aus einer Schublade einen Stapel von Briefen heraus.

„Das sind einige von den Wunschzetteln, die mir die Kinder geschrieben haben."

„Und was machst du damit?" wollte Tobias wissen.

„Die meisten gebe ich an die Eltern weiter, die besorgen dann die Geschenke. Ich brauche die dann nur noch aufzuladen und den Kindern zu bringen."

Irgendwie fand Tobias das enttäuschend. Er hatte sich ausgemalt, mit vielen anderen Helfern in einem großen Raum zu sitzen und die schönen Sachen zu basteln, die die Kinder zu Weihnachten geschenkt bekommen würden.

Der Weihnachtsmann erklärte weiter: „Bei den vielen, vielen Kindern schaffe ich es gar nicht, so viele Geschenke herzustellen. Selbst wenn du und noch viele andere Kinder mir dabei helfen würden."

„Aber es gibt doch auch viele Engel im Himmel. Die können doch mithelfen", wandte Tobias ein.

„Nun die Engel haben ganz andere Aufgaben", fuhr der Weihnachtsmann fort, „sie müssen doch zum Beispiel die vielen Menschen beschützen, damit sie kein Unglück erleiden. Und auch, wenn du schläfst, stehen sie an deinem Bettchen." Das sah Tobias ein.

„Also besorgen unsere Eltern die Geschenke, und du bringst sie nur zu uns nach Hause", fasste Tobias zusammen. Er konnte es immer noch nicht begreifen, was er da gerade gehört hatte.

Während er den Weihnachtsmann mit großen Augen ansah, dachte er nach. Dabei wurde ihm klar, dass damit sein schöner Berufswunsch wohl nicht in Erfüllung gehen konnte.

Eine Träne kullerte ihm über die Wange. Natürlich bemerkte das der Weihnachtsmann. Er legte den Stapel Briefe wieder in die Schublade zurück und nahm aus einem anderen Fach zwei Briefe heraus.

„Ich habe aber trotzdem noch eine ganze Menge Arbeit", erklärte er nun weiter. „Hier sind zwei Wunschzettel, die ich dir einmal vorlesen möchte." ‚Was kann daran nur schon Besonderes sein', dachte Tobias, während er noch mit seiner Enttäuschung kämpfte.

„Hier schreibt mir die kleine Lena: ‚Lieber Weihnachtsmann, letzte Woche ist meine Oma gestorben, die ich ganz doll lieb hatte. Ich will auch nichts anderes zu Weihnachten haben, nur dass meine Oma wieder lebendig wird. Deine Lena!' "

Der Weihnachtsmann machte eine Pause, bevor er dann den zweiten Brief vorlas: ‚Lieber Weihnachtsmann, meine Eltern wollen nicht mehr zusammenleben. Papa ist schon ausgezogen. Und Weihnachten soll ich einen Tag bei ihm und den andern Tag bei meiner Mutter sein. Das will ich aber nicht. Ich wünsche mir, dass sie sich wieder vertragen und wir alle zusammen wohnen. Mehr wünsche ich mir nicht zu Weihnachten. Dein Sven!' "

Wieder entstand eine Pause. Eben hatte Tobias noch an seine Oma gedacht, die er auch sehr lieb hatte. Er konnte sich nicht vorstellen, dass sie einmal nicht mehr leben würde. Und seine Eltern, die würden niemals auseinandergehen. Das konnten sie ihm einfach nicht antun. Er nahm sich vor, immer ganz lieb zu sein, damit seine Eltern auch ja keinen Grund hatten, sich zu streiten oder gar sich zu trennen.

„Und was machst du nun mit diesen Wunschzetteln?" fragte Tobias. Seine Gedanken waren bei Lena und Sven, die wohl kein so schönes Weihnachtsfest erleben würden wie er.

„Auch diese Briefe werde ich weiter schicken. Aber ich schreibe noch ein paar Zeilen dazu."

„Und an wen willst du die denn schicken? Und was willst du dazu schreiben?"

Der Weihnachtsmann räusperte sich und antwortete dann: „Lena hat ja noch eine andere Oma. Und an diese Oma schicke ich den Wunschzettel. Dazu schreibe ich ihr, dass sie sich besonders lieb um Lena kümmern möchte. Vielleicht kann Lena dann leichter über den Verlust der verstorbenen Oma hinwegkommen. – Lebendig machen kann ich ihre Oma auch als Weihnachtsmann nicht."

Tobias nickte. Das war vielleicht eine Möglichkeit, damit Lena nicht mehr so traurig sein musste. „Und was tust du für Sven?" wollte Tobias weiter wissen.

„Nun, ich werde dem Vater und der Mutter schreiben, wie traurig ihr Sven ist, dass sie sich getrennt haben. Vielleicht versuchen sie es ja dann noch einmal miteinander. Aber das müssen sie selbst entscheiden. Das kann ich ihnen auch als Weihnachtsmann nicht befehlen."

Ja, vielleicht würden es sich die Eltern von Sven doch noch einmal überlegen und sich nicht trennen, wenn ihnen der Weihnachtsmann persönlich schrieb, hoffte Tobias. Er schaute dem Weihnachtsmann ins Gesicht und nickte ihm zu als Zeichen dafür, dass er ihn verstanden hatte.

Auf einmal veränderte sich das Gesicht. „Aber Weihnachtsmann, wo hast du denn deinen Bart gelassen?" Tobias guckte ganz ungläubig und rieb sich die Augen.

„Aber ich hatte noch nie einen Bart." Es war die Stimme der Mutter, die zu ihm sprach. Sie hatte Tobias geweckt. „Du musst geträumt haben."

Tobias sammelte seine Gedanken. Dann war er gar nicht beim Weihnachtsmann gewesen. Und die Briefe von Lena und Sven gab es gar nicht. Es dauerte eine Weile, bis er seine Eindrücke sortiert hatte und sich wieder in der Wirklichkeit zurechtfand.

Dann hörte er die Tür klappen. Das war sein Vater. Schnell stand er auf und lief ihm entgegen. Sein Vater nahm ihn auf den Arm. Er kam aber gar nicht dazu, ihn richtig zu begrüßen, denn Tobias plapperte gleich los: „Du Papa, ich habe den Weihnachtsmann getroffen. Du wirst staunen, wenn ich dir erzählte, was ich da erlebt habe."

Und dann holte er wieder ganz weit aus und begann zu erzählen, wie er mit seiner Mutter zusammen Plätzchen gebacken hatte, wie er dann ins Bettchen ging und schließlich auch, was ihm der Weihnachtsmann alles gesagt hatte.

Luisas Wintererlebnis

Die ersten Schneeflocken schweben sanft zur Erde. Es ist Ende November. Luisa steht am Fenster und verfolgt die weißen Flocken, bis sie auf dem Rasen landen. Die Grünfläche hat schon einen dünnen weißen Überzug bekommen.

Während vor Luisas Augen die Schneeflocken zu Boden sinken, ist sie mit ihren Gedanken bei einem Buch, das sie in den letzten Tagen betrachtet hat: „Winter auf der ganzen Welt." Dabei hatten es ihr besonders die Bilder angetan, denn mit ihren 7 Jahren konnte sie noch nicht alles lesen. Ihre Mutter hatte ihr aber geholfen und viele Dinge aus dem Buch erzählt.

Da ging es um Pjotr, einem Jungen aus Norilsk in Sibirien. Er lebt am Rande dieser Großstadt und kannte eigentlich nur schneebedeckte Wiesen und Straßen. Lediglich im Juli und August konnte er das grüne Gras und Laub an den wenigen Bäume sehen. - Luisa überlegt, ob Pjotr überhaupt noch Lust hätte, einen Schneemann zu bauen, wo doch in seiner Heimat fast das ganze Jahr über Schnee liegt.

Dann denkt sie an Sam, dem Jungen aus Afrika. Der kannte bestimmt keinen Schnee. Dabei wohnte er ganz dicht bei dem höchsten Berg, dem Kilimandscharo. Und auf einem Foto konnte man sehen, dass der oben ganz weiß von Schnee war. - Luisa stellt sich vor, mit Sam eine

Schneeballschlacht zu machen. Das wäre bestimmt lustig, wenn Sam das erste Mal Schnee anfassen würde.

Inzwischen hat der Schnee schon den ganzen Rasen zugedeckt. Auf dem Bürgersteig sieht man die Spuren der Fußgänger. Luisa überlegt, ob sie zu ihrer Freundin Vanessa gehen sollte, um mit ihr im Schnee zu spielen. Für einen kleinen Schneemann würde die weiße Pracht bestimmt schon ausreichen.

Sie will gerade aufstehen und ihre Mutter fragen, da nimmt etwas anderes ihre Aufmerksamkeit gefangen. Eine ältere Frau kommt den Weg entlang. Sie geht sehr vorsichtig und doch rutschen ihre Füße immer wieder weg. Beinahe wäre sie gestürzt.

Und genau vor dem Fenster, an dem Luisa steht, passiert es dann doch. Die alte Frau rutscht weg und fällt hin. Luisa stößt einen Schrei aus: „Mutti! Mutti! Komm schnell, da ist jemand hingefallen!"

Luisas Mutter erfasst die Situation mit einem Blick und schickt Luisa hinaus. Sie soll der älteren Dame sagen, dass sie den Krankenwagen ruft und dass ihr gleich geholfen wird.

Tatsächlich muss sich die Frau verletzt haben. Sie wimmert leise und bekommt zunächst gar nicht mit, dass Luisa neben ihr kniet. „Meine Mutti ruft Hilfe. Du brauchst keine Angst zu haben." Jetzt schaut die alte Dame Luisa an. „Ich bin doch bei dir", tröstet sie das Mädchen.

Das eine Bein liegt sehr schräg über dem anderen. Vielleicht ist es gebrochen. Die Mutter kommt heraus und hat eine Decke mitgebracht. Sie legt sie über Frau Kröger, so heißt nämlich die ältere Dame. „Der Krankenwagen wird jeden Augenblick da sein. Allerdings kann er diesem Wetter auch nicht so schnell fahren."

Luisa kniet noch immer neben der gestürzten Frau. Sie muss wirklich große Schmerzen haben, denn über ihr Gesicht kullern Tränen. Luisa greift in ihre Hosentasche und zieht ein buntes Taschentuch heraus, mit dem sie die Tränen im Gesicht der Frau abwischt. Trotz ihrer Schmerzen lächelt sie dankbar.

Das Tatüt-Tataa wird lauter und der Krankenwagen hält neben der verunglückten Frau. Die Sanitäter erfassen die Situation mit einem Blick und stellen die Trage neben Frau Kröger. Vorsichtig heben sie sie hinauf. Sie wimmert vor Schmerzen. „Wir geben ihnen im Wagen gleich etwas, dann tut es nicht mehr so weh."

Luisas Mutter erkundigt sich noch, wohin sie Frau Kröger bringen, bevor der Wagen wieder losfährt. „Ins Luisenkrankenhaus, in der Bismarckstraße." Luisa hört erstaunt hin: Ein Krankenhaus heißt genau wie sie?! Die Mutter erklärt ihr, dass diese Luise eine berühmte Frau war, die Geld für den Bau des Krankenhauses gespendet hatte.

Dann fährt sie mit der Hand durch die Haare ihrer Tochter und entfernt den Schnee, der sich schon darauf gesammelt hatte. „Na, meine kleine Schneeprinzessin, da hat Frau Kröger aber richtig Glück gehabt, dass du gesehen hast, wie sie gestürzt ist. Sonst hätte sie bestimmt noch länger in der Kälte liegen müssen." Luisa nickt. –

Zwei Tage später fahren Luisa und ihre Mutter ins Luisenkrankenhaus. Frau Kröger freut sich über den Besuch. Sie erzählt, dass ihr Bein angebrochen sei, und zeigt ihnen den Gips. Bis Weihnachten sollte es aber verheilt sein. Dann berichtet sie, dass sie hier nur zu Besuch bei ihren Kindern ist und am nächsten Tag wieder nach Hause fahren wollte. Aber einige Tage müsse sie schon noch im Krankenhaus bleiben.

Luisa darf mit einem Filzschreiber ihren Namen auf den Gips malen. Buchstabe für Buchstabe schreibt sie ihren Vornamen, und darauf ist sie ganz stolz.

Noch zweimal besuchen sie Frau Kröger, dann wird die ältere Dame entlassen. Den Gips muss sie noch einige Zeit tragen. Aber sie kann nach Hause fahren. –

Am Tag vor dem Heiligen Abend ist Luisa doch schon sehr aufgeregt. Als es an der Tür klingelt, vermutet sie dort den Weihnachtsmann. Sie stürmt zur Eingangstür und reißt sie auf – aber davor steht nur der Postbote. Er hat ein Päckchen in der Hand. Luisa nimmt es entgegen.

Dann geht sie damit ins Wohnzimmer. Auf dem Weg dahin versucht sie die Adresse zu entziffern: „Das ist ja für mich!" Erstaunt blickt sie ihre Mutter an. Tatsächlich steht ihr Name darauf.

„Darf ich es aufmachen?" Fragend sieht sie ihre Mutter an. Die hatte als Absender ‚Frau Kröger' gelesen und nickt. In dem Paket sind einige Sachen zum Naschen: Schokoladenkugeln, Marzipanherzen und Lebkuchen - und noch ein besonders dick eingepacktes Bündel.

Vorsichtig packt Luisa es aus. Zwei Puppen kommen zum Vorschein, eine größere und eine kleinere. Beide halten sich an der Hand. Um die andere Hand ist jeweils ein Zettel gebunden. Bei der kleineren Puppe steht ‚Luisa' drauf, bei der größeren ‚Käthe Kröger'.

Luisa schaut ihre Mutter an und dann wieder zu den Puppen. Das ist eine tolle Überraschung. Damit hatten sie nicht gerechnet.

„Wir stellen sie auf den Tisch, neben dem morgen der Weihnachtsbaum strahlen wird", schlägt die Mutter vor. „Und gleich nach Weihnachten schreiben wir Frau Kröger und bedanken uns. Und du unterschreibst dann den Brief mit deinem Namen." Luisa nickt. Sie kann den Blick nicht von den Puppen abwenden.

Der besondere Weihnachtsbaum

Es war jedes Jahr dasselbe. Peters Vater wollte rechtzeitig vor dem Fest einen Weihnachtsbaum kaufen. Dann kam aber immer wieder etwas dazwischen. Schließlich fuhr er auf die letzte Minute los. Und für die Bäume, die er dann mitbrachte, erntete er kein Lob.

„Der ist ja ganz schief", sagte der Opa, als der Vater den Baum aus dem Auto zog. „Und er hat ja keine schönen Äste, die man schmücken kann. Da kommen ja die schönen Kugeln aus dem Erzgebirge gar nicht zur Geltung", ergänzte die Oma. Und auch die Mutter hatte noch einen Kritikpunkt: „Selbst wenn man ihn mit der kahlen Seite zur Wand stellt, sieht er an der anderen Seite auch nicht besonders schön aus."

Peter ließ das alles kalt. Mit seinen 8 Jahren hatte er eine ganz andere Sicht der Dinge. Erstens war der Weihnachtsbaum in den letzten Jahren immer schön geschmückt gewesen. Und zum anderen interessierten ihn aber weniger der Baum als viel mehr seine Geschenke, die darunter lagen.

In diesem Jahr sollte das alles ganz anders werden. Wieder verkündete der Vater, dass er sich rechtzeitig um einen Weihnachtsbaum kümmern werde. Da hatte Peter eine Idee: „Ich komme mit", verkündete er. Der Gesichtsausdruck seines Vaters sagte ganz deutlich, dass er sich davon keine große Hilfe versprach.

Aber Peter redete noch weiter: „Leons Vater fährt zum Bauern in den Nachbarort. Dort sucht er sich im Wald einen schönen Baum aus und sägt ihn selbst ab." – Leon war Peters bester Freund, und wenn der sagte, dass sie immer einen ganz tollen Weihnachtsbaum hätten, dann würde das schon stimmen.

Tatsächlich fuhren die beiden am nächsten Wochenende los. Zwar war es schon später Nachmittag, aber der Vater meinte, es sei noch hell genug, um sich den schönsten Baum aussuchen zu können.

Der Bauer saß am Rande der Tannenschonung in einem kleinen Bauwagen und erklärte, wo sich die beiden auf die Suche nach einem Tannenbaum machen konnten. Wenn sie dann mit einem Baum zurückkämen, könnten sie ihn bezahlen. Peters Vater staunte. Der Baum würde nur halb so viel kosten wie der vom Baumarkt im letzten Jahr.

Die beiden zogen los. Sie waren nicht alleine. Immer wieder begegneten ihnen Menschen mit Axt und Säge, die sich auch einen Weihnachtsbaum aussuchten. Zwar hatten sie selbst nur eine kleine Säge dabei, aber einen so großen Baum wollten sie auch gar nicht fällen.

Vom Weg aus sahen sie viele schöne Bäume. Als sie aber näher kamen, stellten sie fest, dass manchen Tannen an einer Seite die Äste fehlten, bei anderen Bäumen war die Spitze abgeknickt und bei wieder anderen hatten sich von der Mitte aus zwei Spitzen gebildet. Enttäuscht gingen sie weiter.

„Wir müssen in die Schonung hinein gehen", sagte der Vater und verließ den Weg. Peter folgte ihm. Sein Optimismus hatte schon einen gehörigen Dämpfer bekommen. Er hatte sich aus Leons Erzählung ausgemalt, dass hier ein schöner Baum neben dem anderen wachsen würde und man sie nur abzusägen brauchte. Aber so einfach, wie er es sich gedacht hatte, schien es doch nicht zu sein.

Oft blieb Peters Vater vor einzelnen Bäumen stehen und prüfte, ob sie den strengen Blicken der Familie auch standhalten würden. Aber immer wieder verwarf er seine Entscheidung. Schließlich sollte es dieses Mal doch ein ganz besonders schöner Baum sein, den er mit nach Hause brächte.

Peter unterstützte seinen Vater so gut es ging, lief nach links und nach rechts, fand aber keinen Baum, den er seinem Vater empfehlen konnte. Das war zum Verzweifeln. Schließlich war der Vorschlag ja von ihm gekommen, den Weihnachtsbaum selbst im Wald zu schlagen.

Langsam wurde es immer dunkler und damit auch immer schwerer, die einzelnen Bäume zu beurteilen. Und mehrmals war Peters Vater schon drauf und dran gewesen, die Suche aufzugeben. Aber er wollte seinen Sohn nicht enttäuschen.

Peter kam an eine kleine Lichtung. Hier waren schon viele Tannenbäume abgesägt worden. Er schaute sich um. Auf den ersten Blick sahen die übrigen Bäume alle gleich aus. Er wollte schon weiter gehen, da entdeckte er plötzlich am Himmel einen hellen Stern. Und dieser Stern stand genau über einem Baum. „Wie damals in Bethlehem", dachte er und erinnerte sich an die Weihnachtsgeschichte, die ihm seine Oma in den letzten Jahren immer vorgelesen hatte.

„Papa, komm doch ganz schnell her!", rief er. Der Vater befürchtete, dass Peter etwas passiert war, und eilte zwischen den Tannen hindurch. Als er Peter unverletzt mitten auf der Lichtung stehen sah, fiel ihm doch ein großer Stein vom Herzen.

„Was ist denn los?", fragte er ein wenig atemlos. „Schau doch den Stern über dem Baum dort." Peter wies mit der Hand nach oben. „Der steht genau über dem Baum da vorne. Und den Baum nehmen wir mit." Der Vater schaute etwas skeptisch.

„Als die drei Weisen in Bethlehem waren, hat ihnen der Stern doch auch gezeigt, wo sie hingehen sollten", erklärte Peter. „Und uns zeigt der Stern, welches der schönste Weihnachtsbaum ist."

„Nun ja", dachte Peters Vater, „der Baum ist so gut oder so schlecht wie viele anderen auch." Aber dann machte er sich mit der Säge ans Werk und schnitt den Baum kurz über der Wurzel ab. Sein Blick bestätigte seine Vermutung. So etwas besonders war dieser Baum nun wirklich nicht.

Beide trugen den Baum aus dem Wald hinaus, Peter an der leichten Spitze und sein Vater am schweren unteren Teil. Sie bezahlten und luden den Baum in ihren Wagen. Auf der Heimfahrt malte sich Peter aus, wie man ihn zu

Hause loben würde für diesen schönen Baum. Der Vater schwieg. Er wollte Peter nicht die Vorfreude verderben.

Der Opa half zu Hause beim Ausladen. Auch die Oma stand dabei, um den zukünftigen Weihnachtsbaum zu begutachten. Und Peters Mutter sah aus dem Fenster und wirkte ganz gespannt.

Peter plapperte gleich drauf los: „Diesen Baum hat mir das Christkind gezeigt, so wie damals auch in Bethlehem." Oma, Opa und auch die Mutter sahen ihn verständnislos an. Dann erklärte der Vater, wie Peter den Baum gefunden und ausgesucht hatte. Alle nickten verständnisvoll. Niemand äußerte Kritik, auch wenn Oma wieder skeptisch war, ob ihre Kugeln aus dem Erzgebirge an diesem Baum gut aussehen würden und Peters Mutter vom Fenster aus zu erkennen glaubte, dass er wieder an einer Seite ganz kahl war.

Am Weihnachtstag wurde der Baum geschmückt. Er stand im Wohnzimmer, das für Peter den ganzen Tag verschlossen blieb. So musste er sich bis zum Abend gedulden. Dann erst rief ihn das Glöckchen hinein.

In diesem Jahr waren das erste Mal nicht die Geschenke das Wichtigste für Peter, sondern der Weihnachtsbaum. Mit glänzenden Augen betrachtete er den geschmückten Baum, an dem sich die Kerzen funkelnd in Omas Kugeln spiegelten. „Ist der nicht schön", wiederholte er ein um das andere Mal, und seine Augen strahlten.

Sie stimmte ihm zu. Es war wirklich der schönste Baum, den sie seit Jahren hatten, und Peter hatte ihn ausgesucht.

„Nein, es war der Weihnachtsstern", wehrte er bescheiden ab, als man ihn dafür loben wollte. Dann kümmerte er sich um die Geschenke, die unter „seinem" Weihnachtsbaum lagen.

Lea und ihre gute Tat

„Pass' schön auf und sei vorsichtig!" Lea hörte kaum zu. Mit ihren 9 Jahren war sie schon alt genug und musste nicht immer ermahnt werden. „Ja, ja", sagte sie leichthin und schlug die Haustür hinter sich zu.

Es war doch recht dunkel am Montag nach dem ersten Advent. Und heute hatte sie gar keine rechte Lust, zur Schule zu gehen. Immer wieder dachte sie an die schönen Lebkuchen, die es gestern Nachmittag gegeben hatte. Sie war eine richtige Naschkatze.

In ihrer Vorstellung schmeckte sie noch einmal die vielen Gewürze, die dem Pfefferkuchen den unvergleichlichen Geschmack gaben. Dann dachte sie an die lustigen Gesichter, die ihre Mutter auf die Kuchenstücke gemalt hatte. Die mit buntem Zuckerguss überzogenen Schokoladenlinsen waren immer wieder anders angeordnet. Mit viel Fantasie hatte sie sich selbst darauf erkannt.

„Klingelingeling", machte es. Lea fuhr erschrocken zusammen. Während sie noch von den Plätzchen geträumt hatte, war sie auf den Radweg geraten. „Pass doch auf!", brummte der Junge, als er an ihr vorbeifuhr.

‚Der hat ja keine Ahnung, wie Muttis Lebkuchen schmecken', dachte sie und ging weiter. Und wieder ließen sie die Gedanken an die vielen Plätzchen nicht los, die ihre Mutter ausgestochen hatte. Im Geiste baute sie aus den Tannen und den Tieren einen kleinen Zoo, über dem ein

Stern leuchtete. So hatte sie es auch gestern gemacht. Und dann hatte sie Stück für Stück aufgegessen.

„Wow", machte es, dann wurde Lea schwarz vor Augen. Sie taumelte einen Schritt zurück und sah, dass sie eine Frau mit einem dunklen Mantel fast umgelaufen hatte. „Entschuldigung", murmelte sie rasch, bevor sie schnell weiter ging. Wie gut, dass die Schule gleich an der nächsten Ecke war. Sonst hätte es doch noch ein Unglück gegeben.

Auf dem Weg nach Hause waren die schönen Gedanken an das Gebäck verschwunden. Vielmehr beschäftigte sie sich mit den Rechentürmen, die sie bis morgen zu lösen hatte, den Vokabeln, die sie noch zu lernen hatte und dem Lückentext, der auch noch fertig werden musste. Dabei wollte sie so gerne zu ihrer Freundin gehen und mit ihr spielen.

Die Gedanken an die Schularbeiten nahmen sie aber nicht so in Anspruch wie die Erinnerung an die köstlichen Adventsleckereien. Jetzt achtete sie mehr auf den Weg. Das, was ihr am Morgen passiert war, sollte sich nicht wiederholen. Und so kam es, dass sie auch die kleine schwarze Tasche sah, die am Rand des Gehwegs lag. Dabei befand sich die Tasche schon zur Hälfte unter der Hecke.

Lea bückte sich und hob sie auf. Es war eine große Geldbörse, wie sie nun feststellte. Natürlich öffnete sie sie sofort und staunte. Da war eine ganze Menge Geld drin, viele, viele Euro-Scheine. Um sie jetzt zu zählen, war sie viel zu aufgeregt.

Sie lief den Rest des Weges nach Hause und klingelte Sturm. Ihre Mutter öffnete die Tür und schaute sie verwundert an. „Ich habe ganz viel Geld gefunden", presste Lea atemlos hervor und hielt ihrer Mutter die Geldbörse hin.

„Nun komm' erst 'mal 'rein, und dann erzählst du mir das alles der Reihe nach." Die Mutter schob ihre Tochter in die Küche. Den Schulranzen und ihre Jacke hatte Lea achtlos im Flur in die Ecke geworfen. Nun war sie gespannt, wie viel Geld sie gefunden hatte.

„Es sind genau 250 Euro", sagte ihre Mutter schließlich, als sie das Geld zweimal gezählt hatte. „Dann bin ich ja reich", strahlte Lea. Aber ihr Lächeln verschwand ganz schnell wieder, als sie das Gesicht ihrer Mutter sah. „Das Geld gehört doch jemanden anderes. Der hat es verloren und ist jetzt ganz bestimmt sehr traurig. Wir müssen es ihm zurückgeben." Als sie das traurige Gesicht ihrer Tochter sah, fügte sie an: „Du bekommst bestimmt einen Finderlohn."

Lea war schon klar, dass sie das Geld nicht behalten konnte, obwohl ihr einen Augenblick lang viele Wünsche durch den Kopf gegangen waren, die sie sich hätte erfüllen können. Aber ihre Mutter hatte recht.

„Aber wem gehört das Geld bloß?" fragte sie. Auch ihre Mutter sah etwas ratlos aus. Dann untersuchte sie das Portemonnaie genauer. Vielleicht würde sie eine Adresse oder wenigstens einen Namen finden. Dabei krempelte sie das Innerste nach außen.

Ein kleiner Zettel kam ihr entgegen. Einige Ziffern standen darauf. „Ob das vielleicht eine Telefonnummer ist?", vermutete die Mutter. Sie wollte auf jeden Fall versuchen dort anzurufen. Mal sehen, was dabei herauskommen würde.

Nach dem dritten Klingeln meldete sich eine ältere Männerstimme. Ganz vorsichtig fühlte die Mutter vor, ob sie an der richtigen Adresse war: „Ich habe Ihre Telefonnummer auf einem kleinen Zettel gefunden", sie machte einen Augenblick Pause, „der in einer Geldbörse steckte." Wieder wartete sie ein wenig.

Am anderen Ende der Leitung war Stille. Dann sagte der Mann: „Haben sie das Portemonnaie gefunden?" Ein wenig Hoffnung war in seiner Stimme zu hören. „Ja, meine Tochter hat es gefunden. Aber sagen Sie mir bitte, wie die Börse aussieht und was drin ist."

Wieder war einen Augenblick stille, dann sprach der Mann weiter: „Es ist ein schwarzes Portemonnaie, und es sind genau 250 Euro drin."

„Ja, das stimmt", erwiderte die Mutter, „und wo haben Sie sie verloren?" Ganz genau konnte der Mann die Stelle nicht nennen. Er beschrieb aber den Weg, den er nach Hause gegangen war. Das konnte stimmen. Genau auf diesem Weg hatte Lea die Geldbörse gefunden.

Dann fragte die Mutter noch nach der Adresse des Mannes. Er wohnte nur wenige Straßen weit entfernt. „Wir können Ihnen das Portemonnaie vorbeibringen", bot die Mutter an, nachdem der Mann am anderen Ende der Leitung keine Anstalten gemacht hatte, das verlorene Geld selbst abzuholen.

„Das wäre nett", tönte es aus dem Hörer. Man verabredete sich in einer halben Stunde. Damit war das Telefongespräch beendet. Lea hatte sich aus dem, was ihre Mutter gesagt hatte, schon zusammengereimt, was sie gesprochen hatten. Doch nun wollte sie es ganz genau wissen. Ihre Mutter berichtete. Dann zogen sie sich an und machten sich auf den Weg. Was würde sie erwarten?

Die Adresse gehörte zu einem Mehrfamilienhaus. Die Wohnung lag im Erdgeschoss. Es dauerte eine Zeit, bis der Summer ertönte und sie die Haustür öffnen konnten. Sie traten ein und standen einem Mann gegenüber, der sich auf eine Krücke stützte. „Kommen Sie bitte herein", bat er sie, der sich nun auch förmlich als ‚Herr Schuster' vorstellte.

Im Zimmer saß eine Frau im Rollstuhl. „Meine Frau", stellte er sie kurz vor und bot den beiden Platz an. Alles wirkte ein wenig bedrückend. Dann begann man zu erzählen. Frau Schuster war vor einigen Wochen gestürzt und hatte sich den Oberschenkel gebrochen. Es würde noch einige Zeit dauern, bis sie wieder laufen könnte. Das Geld war eine Sonderzahlung vom Sozialamt, mit der sie sich warme Mäntel kaufen sollten.

Bei diesen Worten übergab die Mutter das Portemonnaie, worauf sich die beidem älteren Herrschaften wortreich bedankten. Dabei kam auch das Wort ‚Finderlohn' vor, aber die Mutter winkte ab. Bei diesen Menschen war jeder

Euro wichtiger als bei ihnen. Und Lea würde sie auf ihre Weise schon entschädigen.

Nun erzählte Lea, wie sie die Geldbörse gefunden hatte. Sicherheitshalber ließ sie aus, dass sie am frühen Morgen auf dem Schulweg mehr geträumt hatte. Aber trotzdem erwähnte sie ihre Vorliebe für die tollen Lebkuchen ihrer Mutter. Alle schmunzelten, als sie sahen, wie sich Lea die Lippen leckte.

Man verabschiedete sich bald. Lea und ihre Mutter gingen nach Hause. Auf dem Weg zurück erklärte ihr ihre Mutter, warum sie nicht auf einen Finderlohn bestanden hatte. Lea verstand es, obwohl sie wenigstens ein bisschen von dem Geld abbekommen hätte. „Aber vielleicht hat ja der Weihnachtsmann deine gute Tat gesehen ..." Die Mutter beendete den Satz nicht weiter. Und Lea gab sich damit zufrieden.

Am nächsten Morgen war Lea auf ihrem Schulweg wieder nicht recht bei der Sache. Fast wäre sie bei „Rot" über die Straße gegangen. Aber sie bemerkte es noch rechtzeitig, denn es warteten noch mehr Leute darauf, die Straße zu überqueren.

In Gedanken war sie nicht bei ihren heiß geliebten Süßigkeiten, sondern bei der Familie Schuster. Die beiden taten ihr leid. Frau Schuster konnte sich noch nicht richtig bewegen und Herr Schuster hatte auch Schwierigkeiten, sich mit der Krücke fortzubewegen. Dabei musste er jetzt zusätzlich alle Arbeiten erledigen, die sonst seine Frau gemacht hatte.

Lea erinnerte sich an ihre eigenen Beobachtungen und auch an das, was ihre Mutter gestern Abend ihrem Vater bei Essen erzählt hatte. ‚Und das noch alles in der Vorweihnachtszeit', hatte sie gesagt und dabei etwas traurig ausgesehen.

‚Wie könnte man den beiden nur helfen?' Um diese Frage kreisten Leas Gedanken, bis sie in der Schule angekommen war. Aber sie hatte keine Antwort gefunden. Das war ja auch ein schwieriges Problem.

Am Nachmittag sprach sie mit ihrer Mutter darüber. „Bestimmt freuen sich die beiden, wenn du sie einmal besuchst." Das war eine gute Idee, fand Lea. Sie würde diesen Vorschlag gleich am nächsten Nachmittag in die Tat umsetzen.

Wieder war Lea ganz in Gedanken versunken, als sie am nächsten Tag zur Schule ging. Dieses Mal kreisten ihre Gedanken aber darum, was sie den Schusters wohl mitbringen könnte. Sie hatte nämlich erlebt, dass ihre Eltern stets ein Geschenk mitnahmen, wenn sie jemanden besuchten. Meist war es ein Blumenstrauß. Aber wo sollte Lea, jetzt im Winter, einen schönen Blumenstrauß pflücken?

Kurz bevor sie das Schulgebäude betrat, hatte sie die entscheidende Idee: Sie würde ein Bild malen, und sie wusste auch schon ganz genau, was darauf gezeichnet werden musste. Am liebsten wäre sie gleich mit dem Bild angefangen. Aber sie musste es auf den Nachmittag verschieben.

Noch bevor sie ihre Schularbeiten machte, begann sie ihr Kunstwerk. Es zeigte eine Frau im Rollstuhl und einen Mann mit Krücke. Beide hatten ein trauriges Gesicht. Aber unten auf dem Blatt malte sie noch einmal eine Frau im Rollstuhl und einen Mann mit Krücke. Aber dieses Mal lachten sie, denn zwischen die beiden hatte Lea ein fröhliches Mädchen gemalt. Das sollte sie selbst darstellen, wie sie die Familie Schuster fröhlich gemacht hatte. Mit einiger Fantasie konnte man die schwarze Geldbörse in ihrer Hand erkennen.

Auch ihrer Mutter gefiel das Bild. Sie rollten die Zeichnung zusammen, taten ein Gummiband herum und steckten es in einen Beutel. Dann machte sich Lea auf den Weg.

Herr Schuster staunte nicht schlecht, als er Lea erkannte, die in ihrer Ungeduld Sturm geklingelt hatte. „Na dann komm' herein", sagte er freundlich. Im Flur zog Lea ihren Mantel aus und ging ins Wohnzimmer, in dem Frau Schuster saß. Wie sie es gelernt hatte, begrüßte Lea sie mit einem Knicks.

Dann konnte sie es nicht mehr erwarten. Sie musste den Schusters nun endlich ihr Bild zeigen. Und beide begriffen sofort, was Lea mit ihrer Malerei ausdrücken wollte. Tatsächlich kam ein Lächeln über ihre Gesichter.

Herr Schuster stellte eine Tasse Kakao und ein paar – allerdings nur gekaufte – Weihnachtsplätzchen auf den Tisch. Aber Lea war so gut erzogen, dass sie nicht sagte, dass die von ihrer Mutter gebackenen Kekse viel besser schmecken würden.

Als Nächstes suchten sie einen Platz für das Bild. In einem Schrankfach standen schon einige Rahmen mit Fotografien von Personen. Hier sollte Leas Zeichnung hingestellt werden. Sie war damit einverstanden. Dann schaute sie sich die Leute auf den Fotos an. Bei einem blieb sie stehen: „Der hier sieht aber fast so aus wie mein Klassenlehrer, Herr Reimann, nur viel jünger."

Herr und Frau Schuster sahen sich an, als Lea den Namen ‚Herr Reimann' aussprach. „Dein Klassenlehrer heißt wirklich ‚Reimann'? Und er sieht fast so aus wie der Mann auf dem Foto?" Frau Schuster sah Lea fragend an. „Ja, natürlich." Lea nickte und verstand nicht, was an dem Namen ‚Reimann' so besonders sein sollte.

Das Thema wurde nicht mehr aufgegriffen. Sie unterhielten sich noch über Leas Schulleistungen, ihr Weihnachtswünsche und über das, was sie in den Ferien vorhatte. Dann verabschiedeten sie sich voneinander. Zurück blieb eine nachdenkliche Familie Schuster und fort ging eine leicht verwirrte Lea.

Zu Hause erzählte Lea von ihrem Besuch. Sie erwähnte aber weder das Bild im Schrankfach und die merkwürdige Reaktion der Familie Schuster auf den Namen Reimann. Das erzählte sie erst, als sie schon im Bett lag und ihre Mutter zum Gute-Nacht-Sagen kam. „Ich verstehe nicht, warum die so komisch waren, als ich gesagt hatte, dass mein Klassenlehrer ‚Reimann' heißt." „Das wird sich sicher bald aufklären", beruhigte sie ihre Mutter und wünschte ihr eine gute Nacht und schöne Träume.

Am nächsten Morgen hatte Lea andere Sorgen. Auf dem Schulweg dachte sie an das Diktat, das gleich geschrieben werden sollte. Hoffentlich konnte sie die Kommaregeln, die sie mit ihrer Mutter ganz intensiv geübt hatte. Und hoffentlich hatte sie nicht vergessen, wann man die einzelnen Worte groß oder klein schrieb. Dabei war sie wieder so in Gedanken, dass sie fast gegen ein Verkehrsschild gelaufen wäre.

Am Nachmittag konnte Lea ihrer Mutter berichten, dass sie wohl ‚alles richtig geschrieben' hätte. Das Diktat war nicht so schwer gewesen, wie sie gedacht hatte. Die Mutter nahm diese Information mit Vorsicht auf. Schließlich hatte sich Lea schon öfter verschätzt.

„Am Samstagnachmittag besuchen wir alle die Familie Schuster", verkündete die Mutter, als sie zusammen am Tisch saßen und essen wollten. „Die werden sich bestimmt freuen", meinte Lea. Sie dachte gar nicht mehr an das Bild von Herrn Reimann. Schließlich war sie nach dem Essen mit ihrer Freundin Claudia zum Spielen verabredet.

Der Samstag kam und alle zogen los. Lea registrierte, dass ihre Mutter neben einer Tasche wieder den obligatorischen Blumenstrauß dabei hatte.

Dieses Mal wurde die Tür viel schneller geöffnet als am Montag, als Lea mit ihrer Mutter die Geldbörse zurückgebracht hatte. Und an der Tür stand nicht Herr Schuster, sondern – Herr Reimann. Lea öffnete den Mund, konnte aber vor Erstaunen nichts sagen.

„Nun kommen Sie doch alle herein", forderte er die Gäste auf. Und nachdem sie ihre Mäntel abgelegt hatten, begrüßten sie Frau und Herrn Schuster. Der Kaffeetisch war gedeckt. Leas Mutter nahm aus der Tasche eine Dose heraus. Sie enthielt – zur erneuten Überraschung von Lea – das köstliche Weihnachtsgebäck ihrer Mutter.

„Nun setze dich mal hin, und dann wird sich alles aufklären." Herr Reimann wies auf einen freien Stuhl. Lea war in der Zwischenzeit so neugierig geworden, dass sie sogar den Kuchen stehen ließ und fragend in die Runde schaute.

Ihre Mutter begann mit der Erklärung: „Nachdem du mir das mit dem Bild und dem Namen erzählt hast, habe ich bei Herrn Reimann angerufen und auch hier, bei Familie Schuster. Und da habe ich dann erfahren, was dahinter steckt."

Lea war ganz aufmerksam, als Herr Reimann dann begann, die Zusammenhänge zu erklären: „Herr Schuster ist mein Onkel. Er und meine Mutter waren Geschwister. Wir wohnten alle im gleichen Haus. Als mein Vater sehr früh starb, musste meine Mutter arbeiten gehen. Und da war ich eben viel bei meinem Onkel und meiner Tante."

Er machte eine Pause.

„Ich habe dann in einem anderen Ort studiert. Als dann meine Mutter starb, sind mein Onkel und meine Tante hierher umgezogen. Damit hatten wir uns aus den Augen verloren. Und es ist reiner Zufall, dass ich in der gleichen Stadt arbeite, in der sie jetzt wohnen."

„Und ein noch größerer Zufall ist es", fuhr Leas Mutter fort, „dass Lea bei Herrn Reimann in die Klasse geht und dann auch noch das Portemonnaie findet, das seinen Verwandten gehört."

„Und auf diesem Weg haben wir uns wieder gefunden", fügt Herr Schuster an und strahlt glücklich. „Ja", nickt seine Frau dazu, „und alles, weil Lea so aufmerksam ist, wenn sie durch die Straßen geht."

Lea wurde ein wenig rot, sagte aber nichts. Dann biss sie herzhaft in ein Stück von Mutters ganz toll schmeckendem Lebkuchen.

Sven, der Hirte

Sven war stolz wie Oskar. Freudestrahlend kam er aus der Schule nach Hause und überfiel seine Mutter gleich mit der Nachricht: „Ich spiele bei unserem Krippenspiel einen Hirten. Und zwar den Hirten, der auch was sagt." Und nach kurzer Pause fuhr er fort: „Er muss doch Maria und Joseph erklären, wie das mit den Engeln war und so alles."

Seine Mutter freute sich mit ihm. Aber Sven wusste noch mehr zu berichten: „Es war ganz schön schwer für unsere Lehrerin. Zuerst wollten alle Jungen den Joseph spielen und dann den Hirten, den ich jetzt spiele. Aber mich hat sie dafür genommen." Wieder machte er eine Pause. „Und der Frank spielt den Joseph. Und natürlich spielt seine Schwester die Maria."

Inzwischen hatte sich Sven auf einen Küchenstuhl gesetzt und erzählte weiter: „Bei den Mädchen gab es Streit, wer seine Puppe mitbringen darf." Die Mutter schaute ihn fragend an. Sven erklärte: „Na, in der Krippe muss doch ein Kind liegen. Aber alle Puppen waren nur Mädchen und Jesus ist doch ein Junge. Aber unsere Lehrerin meinte, das wird nicht auffallen."

Vor lauter Aufregung hatte Sven gar keinen Appetit mehr zum Mittagessen, obwohl es seine Lieblingsspeise gab. Am liebsten wollte er schon gleich anfangen, den Text zu lernen und mit seiner Mutter die Kleidung auszusuchen, die er als Hirte tragen würde. Da musste seine Mutter ihn dämpfen. Schließlich waren es noch drei Wochen bis Weihnachten.

Das Krippenspiel sollte am letzten Schultag vor den Weihnachtsferien in der Schule aufgeführt werden und dann noch einmal am Heiligen Abend in der Kirche. Deshalb hatte man die Dekoration nur aus bemalter Pappe gebaut: die Schafe, den Ochsen und den Esel, den Eingang zum Stall und einen Stern an einer langen Stange. Nur die Krippe war echt, die hatte der Vater von Frank zur Verfügung gestellt.

Jede Woche war an zwei Nachmittagen Probe. Schließlich mussten Maria und Joseph durch den ganzen Raum wandern und den Wirt nach einer Herberge fragen. Dann sollten die Engel bei den Hirten erscheinen, während Maria im dunklen Stall ihr Kind bekam. Und auch die drei Weisen aus dem Morgenland mussten zur rechten Zeit auf der Bühne sein.

In der vorletzten Probe ging es sehr lustig zu, denn alle hatten jetzt ihre Kostüme an. Maria sah mit dem dicken Kissen unter ihrem Kleid zu komisch aus, und auch der eine der drei Sterndeuter wirkte mit seinem geschwärzten Gesichtern sehr lustig. Die Engel flatterten mit ihren Flügeln, ohne auf die anderen zu achten. Wäre die Lehrerin nicht eingeschritten, hätten sie sich mit ihren Flügeln einen echten Kampf geliefert.

Aber dann passierte es. Als Sven, als der erste der Hirten, in den Stall gehen wollte, rutschte er aus und fiel hin. Zuerst lachten alle. Doch dann fing Sven ganz laut an zu jammern. Seine Lehrerin kam auf ihn zu und half ihm beim Aufstehen.

„Meine linke Hand tut so weh! Ich kann sie gar nicht bewegen." Und obwohl er es nicht wollte, liefen einige Tränen über sein Gesicht. Es war klar, er musste zum Arzt. Und der Arzt schickte ihn gleich weiter ins Krankenhaus. Dort wurde sein Arm geröntgt. „Du hast dir den Arm gebrochen. Das muss eingegipst werden", sagte der Doktor, „und für ein paar Tage musst du hierbleiben."

Für Sven brach eine Welt zusammen. Sich so kurz vor Weihnachten den Arm zu brechen, das war schon zu blöd. Und an das Krippenspiel mochte er jetzt gar nicht mehr denken. Was würde nun aus dem Hirten werden, den er spielen sollte. Und wieder gab es Tränen.

Am nächsten Tag hatte sich Sven schon ein wenig beruhigt. Er sah, dass im Krankenhaus noch viele Kinder waren, denen es noch schlechter ging als ihm. Einige saßen im Rollstuhl, andere konnten gar nicht aufstehen. Er selbst konnte wenigstens herumlaufen.

Da kam ihm die rettende Idee. Als seine Mutter ihn am Nachmittag besuchte, verkündete er: „Ich kann **doch** den Hirten spielen. Den Arm mit dem Gips halte ich unter meinem Umhang. Den Hirtenstab kann ich dann in die andere Hand nehmen." Und er bat seine Mutter, das genau so seiner Lehrerin zu erzählen.

Zunächst war Svens Mutter skeptisch, ob das wirklich so gehen würde. Dann aber sah sie die Freude im Gesicht

ihres Sohnes. Sie konnte sie sich gut vorstellen, wie enttäuscht er sein würde, wenn er trotz seiner Verletzung
nicht mitspielen dürfte.

Am nächsten Tag brachte seine Mutter die gute Nachricht
mit, dass Svens Lehrerin einverstanden war. Aber Sven
überraschte sie voller Begeisterung mit einer weiteren
Idee: „Hier im Krankenhaus sind so viele Kinder, die zu
Weihnachten nicht zu Hause sein können. Ich habe mir
überlegt, dass wir unser Krippenspiel auch noch einmal
hier im Krankenhaus aufführen könnten."

Wieder schaute ihn seine Mutter zweifelnd an. Sie wagte
auch noch den einen und anderen Einwand. Sven war
aber auch durch diese Hinweise nicht zu bremsen. Er
meinte, dass alles klappen würde, zumal er auch schon
einen größeren Raum gefunden hatte, in dem die Aufführung stattfinden sollte.

Es war natürlich noch mehr zu tun, als nur einen Raum
zu finden. Einmal musste das Krankenhaus einverstanden sein. Dann mussten auch noch die Lehrerin und alle
mitspielenden Schülerinnen und Schüler befragt werden.
Und schließlich musste das alles noch innerhalb weniger
Tage geregelt werden.

Alle gemeinsam schafften es schließlich. Die Lehrerin sagte zu und motivierte die Kinder durch den Hinweis, dass
es doch auch der Sinn des Weihnachtsfestes sei, anderen
Freude zu bereiten. Und Svens Mutter redete mit vielen
Leuten im Krankenhaus, bis dann endlich feststand, dass
die Aufführung stattfinden konnte.

Sven hatte in der Zwischenzeit geübt, den Arm mit dem Gips unter dem Umhang zu behalten und trotzdem ganz normal zu gehen. Und seinen Text konnte er so gut, dass man ihn mitten in der Nacht hätte wecken können, und er hätte ihn fehlerfrei aufgesagt.

Endlich war der große Tag gekommen. Mithilfe einiger Eltern hatte man die Kulissen aus der Schule ins Krankenhaus gebracht und im großen Saal aufgestellt. Die Akteure waren entsprechend umgezogen und der Saal füllte sich langsam. Viele Kinder kamen mit Krücken und einige wurden im Rollstuhl hereingeschoben. Auch Krankenschwestern und Ärzte waren anwesend.

Dann ging es los. Joseph und Maria zogen durch den Raum zur Herberge. Nach dem Gespräch mit dem Wirt verschwanden sie im Stall.

Anschließend kamen die Engel und gingen zu den Hirten, die in der anderen Ecke bei ihren Schafen warteten, und verkündeten ihnen die Geburt Jesu.

Die Hirten wanderten langsam zum Stall herüber. Dabei ging Sven vorweg und achtete sehr genau darauf, dass sein Arm mit dem Gips nicht zu sehen war. Mit lauter Stimme erzählte er Maria und Joseph, was ihnen die Engel berichtet hatten. Allerdings vergaß er in seiner Aufregung einen Satz. Das merkte aber keiner. Alle waren gespannt darauf, was nun kommen würde.

Beim Weggehen stieß Sven mit seinem Gipsarm an die Krippe, was man deutlich hören konnte. Aber das Geräusch ging unter im Auftritt der drei weisen Sterndeuter,

die quer durch den großen Raum auf den Stall zuschrit-
ten.

Am Ende gab es einen großen Applaus und alle Mitwir-
kenden verbeugten sich. Dabei rutschte der sorgfältig ver-
borgene Arm von Sven aus seinem Umhang. Das führte
nur noch zu einem größeren Jubel unter den Zuschauern.
Zum Schluss dankte der Oberarzt allen Kindern und besonders Sven, der ja die Idee hatte, dieses Krippenspiel
auch im Krankenhaus aufzuführen.

Es bleibt noch nachzutragen, dass die Aufführungen in
der Schule und in der Kirche beide ein voller Erfolg wurden. Sven vergaß bei beiden Vorstellungen kein einziges
Wort von seinem Text. Und sowohl der Direktor der Schule als auch der Pastor wiesen darauf hin, dass die Kinder
durch ihre Aufführung im Krankenhaus den Patienten
eine große Weihnachtsfreude bereitet hatten.

Jan will es wissen

Jan liebte das Weihnachtsfest. Er war 5 Jahre alt und freute sich auf alles, was mit Weihnachten zusammenhing. Besonders schön waren für ihn der geschmückte Weihnachtsbaum und die Geschenke, die darunter lagen.

Bisher hatte er immer erlebt, dass sein Vater den Tannenbaum am 23. Dezember in das Weihnachtszimmer brachte und dann den Raum abschloss. Und auf seine Frage, wer denn den Baum so schön schmücken würde, erhielt er nur die kurze Antwort: „Der Weihnachtsmann."

So oft Jan auch versuchte, etwas im Weihnachtszimmer zu erspähen, es klappte nicht. Man hörte keine Geräusche durch die Tür, und auch durch das Schlüsselloch war nichts zu erkennen. Der Weihnachtsmann musste alles zugestopft und zugehängt haben, damit man ihm nicht bei der Arbeit zusehen konnte.

Aber Jan hatte eine Idee: Im nächsten Jahr würde er, noch bevor sein Vater den Baum am 23. Dezember in den Raum stellen konnte, den Schlüssel von der Tür abziehen und verstecken. Dann konnte der Raum nicht mehr zugesperrt werden. In der Nacht würde er dann aufstehen, leise in das Weihnachtszimmer gehen und dem Weihnachtsmann bei seiner Arbeit zuschauen können.

Das ganze Jahr über dachte Jan nicht mehr an seinen Plan, aber am vierten Advent fiel er ihm wieder ein. Er würde ganz früh am 23. Dezember den Schlüssel aus dem Schloss ziehen und ihn in seinem Zimmer ganz weit unten in seiner Spielzeugkiste verstecken.

Der Plan gelang und er schob den Schlüssel in den Laderaum des LKW's, den er erst in diesem Jahr zum Geburtstag geschenkt bekommen hatte. Dort würde ihn niemand finden. Nach Weihnachten würde er ihn wieder genauso heimlich ins Türschloss stecken. Wenn er es geschickt anstellte, würde ihn keiner verdächtigen.

Der Vater kam nach Hause und hatte einen schönen Baum gekauft. Er brachte ihn ins Wohnzimmer und setzte ihn in den Ständer. Jan war dabei und half mit, so gut er konnte. Aber die Nadeln piksten, wenn er einen der Zweige festhalten wollte. Im Stillen bewunderte er den Weihnachtsmann, der den Baum schmückte. Die Nadeln würden ihn doch auch piksen – oder hatte er vielleicht immer seine Handschuhe dabei an ...?

Der Vater schob Jan aus dem Wohnzimmer und wollte die Tür abschließen. Dabei erklärte er, wie jedes Jahr, dass der Weihnachtsmann auf keinen Fall gestört werden dürfe, wenn er den Baum schmückte und die Geschenke verteilte.

Als er nach dem Schlüssel greifen wollte, fasste seine Hand ins Leere. Der Schlüssel steckte nicht im Schloss. Er sah sich um, ob der Schlüssel auf den Boden gefallen war. Aber er fand ihn nicht.

Auch Jans Mutter suchte mit. Sie konnte ihn natürlich genauso wenig nicht finden. Jan stand dabei und versuchte, ein möglichst unschuldiges Gesicht zu machen. Aber seine Eltern achteten nicht weiter auf ihn. Sie waren mit der Suche nach dem Schlüssel beschäftigt.

Am Abend hatten sie den Schlüssel noch immer nicht gefunden, was Jan auch nicht wunderte. Er ging ohne Murren ins Bett, als es Zeit dafür war. Seine Eltern freuten sich darüber und dachten, er wolle kurz vor dem Heiligen Abend ganz besonders artig sein.

Jan hatte aber einen ganz anderen Plan. Wenn seine Eltern eingeschlafen waren, wollte er aufstehen und ganz leise ins unverschlossene Weihnachtszimmer schleichen. Dort würde er sich auf das Sofa legen und ganz still sein, damit der Weihnachtsmann ihn nicht bemerkte. So könnte er ihn in Ruhe beobachten und sehen, wie er den Baum schmückte und die Geschenke darunter legte.

Tatsächlich wachte Jan mitten in der Nacht auf. Er schätzte, dass es Mitternacht sein müsste und verließ sein Bett. Ganz leise öffnete er seine Zimmertür. Barfuß und auf Zehenspitzen ging er durch den Flur und fasste den Drücker der Tür zum Weihnachtszimmer an. Zu seinem größten Entsetzen war sie verschlossen.

Ein wenig ratlos blieb er stehen. Aber schließlich kam ihm dann die rettende Idee. Er hatte doch einen Schlüssel für diese Tür. Ganz leise schlich er zurück und holte den Schlüssel, den er im Laderaum seines LKW's versteckt hatte.

Ohne ein Geräusch zu verursachen, ging er dann wieder zur Tür und steckte den Schlüssel ins Schloss. Die Tür ließ sich öffnen. Jan gratulierte sich noch einmal im Stillen zu seinem genialen Plan.

Auf dem Sofa suchte er sich alle Kissen zusammen und machte es sich gemütlich. Es war zwar nicht so bequem wie im Bett, aber hier würde er es schon eine Zeit aushalten. Er rückte noch ein wenig zur Seite, damit er den Weihnachtsbaum auch vollständig sehen konnte.

Seine Gedanken gingen spazieren: Wie würde der Weihnachtsmann ins Zimmer kommen? Durch die Tür oder durchs Fenster oder würde er auf einmal im Zimmer stehen? Durch den Schornstein konnte er nicht kommen, denn sie hatten Zentralheizung in der Wohnung.

Jan überlegte weiter, wo er die Geschenke für all die Kinder haben würde. In einen Sack passten sie sicher nicht hinein. Und dann noch der Schmuck für den Weihnachtsbaum und die Kerzen ... Der Weihnachtsmann musste schon ganz schön stark sein.

Mit diesen Gedanken schlief Jan wieder ein. Natürlich träumte er vom Weihnachtsmann und davon, wie er den Weihnachtsbaum schmückte und die Geschenke verteilte. Es war ein schöner Traum und Jan lächelte im Schlaf.

Als Jans Mutter ihn am nächsten Morgen wecken wollte, stand sie vor seinem leeren Bett. Auch Jans Vater schaute verwundert und ein wenig nachdenklich auf den Schlüssel in der Tür des Weihnachtszimmers. „Ich habe doch den Ersatzschlüssel gestern abgezogen und eingesteckt", murmelte er. Dabei griff er in seine Hosentasche und zog den Zweitschlüssel heraus.

Als die beiden dann Jan im Weihnachtszimmer fanden, war ihnen schnell alles klar. Sie konnten sich nun auch denken, wo gestern der Zimmerschlüssel gewesen war. Eigentlich hätten sie auf Jan böse sein sollen. Aber andererseits waren sie auch ein bisschen stolz auf ihren Sohn, der so viel Fantasie entwickelt hatte, nur um schon vor dem Heiligen Abend ins Weihnachtszimmer zu kommen.

Jan selbst begriff noch nicht so schnell, wo er gerade lag und was passiert war. Erst als sich seine Mutter neben ihn setzte und ihn in den Arm nahm, kam die Erinnerung zurück. Dann schaute er mit einem Ruck zum Weihnachtsbaum hinüber. Der war immer noch nicht geschmückt.

Tränen liefen über seine Wangen: „Ich habe den Weihnachtsmann gestört, weil ich hier im Zimmer war", schluchzte er, „da konnte er den Baum nicht schmücken und die Geschenke darunterlegen." Weder seine Mutter noch sein Vater konnten ihn beruhigen.

Auch am Frühstückstisch war Jan sehr einsilbig. Er knabberte an einer Scheibe Toastbrot. Und obwohl seine Lieblingsmarmelade darauf gestrichen war, schmeckte es ihm nicht.

„Am besten gehst du gleich noch einmal zu Oma und Opa", schlug seine Mutter vor. Die beiden wohnten nur wenige Straßenecken weiter. „Die freuen sich bestimmt, wenn du vorbeischaust."

Jan trottete los, so richtig Lust hatte er nicht. Weihnachten war ihm richtig vermiest. Und dabei hatte er Schuld. Wäre er doch bloß nicht so neugierig gewesen. Tief in Gedanken versunken wäre er fast am Haus seiner Großeltern vorbeigelaufen.

Nach kurzer Begrüßung sprudelte es aus ihm heraus: „Weihnachten fällt dieses Jahr aus!" und „Zu uns kommt der Weihnachtsmann nicht, ich habe ihn vertrieben!"

Oma und Opa schauten sich erstaunt an. Mit diesen Sätzen konnten sie nichts anfangen. Sie verstanden erst, was passiert war, als sie mit einer Tasse heißen Kakao und einigen Keksen am Küchentisch saßen und Jan alles der Reihe nach erzählt hatte.

„Deswegen fällt Weihnachten doch nicht aus", sagte sein Opa. Und seine Oma ergänzte: „Der Weihnachtsmann möchte, dass alle Kinder am Heiligen Abend glücklich sind. Der wird bestimmt noch einmal bei euch vorbei kommen." Und dann ergänzte sie noch: „Sicher wollte er dich nicht wecken und ist ganz leise wieder gegangen."

Langsam beruhigte sich Jan. Wie schön, dass er Oma und Opa hatte. Etwas fröhlicher als auf dem Hinweg schlenderte er nach Hause.

Die Stunden bis zum Abend verliefen noch langsamer als in den letzten Jahren. Alle zehn Minuten sah Jan auf die Uhr, die er schon seit einiger Zeit ablesen konnte. Gerne hätte er sich die Zeit mit Spielen vertrieben, aber dazu hatte er keine rechte Lust.

Dann war es endlich soweit. Aus dem Weihnachtszimmer ertönte das Glöckchen. Unsicher stand Jan vor der Tür, aber seine Mutter lächelte ihm aufmunternd zu. Er öffnete die Tür und sah seinen Vater neben einem wunderschön geschmückten Weihnachtsbaum stehen. Die Lichter funkelten und spiegelten sich in den bunten Kugeln.

Mit offenem Mund blieb Jan in der Tür stehen. Dann murmelte er glücklich: „Er ist doch noch gekommen, der Weihnachtsmann war doch noch da." Und die Tränen, die jetzt über seine Wangen liefen, waren Freudentränen.

Der Weihnachtswunsch

„Es dauert ja noch so lange bis Weihnachten", stellte Niels fest. Seine Mutter hatte von vierzehn Tagen gesprochen. Zwar konnte er sich diesen Zeitraum mit seinen fünf Jahren noch nicht so recht vorstellen, aber der Blick auf seinen Adventskalender zeigte ihm ganz deutlich, dass noch viele Türchen zu öffnen waren.

Mithilfe der Mutter hatte Niels einen Wunschzettel geschrieben oder besser gemalt. Der Lastwagen mit der Kippvorrichtung war deutlich zu erkennen. Außerdem waren da noch einige CDs zu sehen. Mit viel Fantasie konnte man erahnen, dass es dabei um die „???" ging.

Wenn sein Vater von der Arbeit zurückkam, wollte er ihm diesen Wunschzettel übergeben. Er hatte versprochen, ihn an den Weihnachtsmann weiterzuleiten. Dann würden die Geschenke sicher unter dem Weihnachtsbaum liegen.

Die Zeit verstrich, und der Vater war noch immer nicht nach Hause gekommen. Stattdessen klingelte das Telefon. Niels hörte nur einige Gesprächsfetzen: „Ist dir auch nichts passiert?", „Was machst du jetzt?" und mehrmals „Ja" und „Nein". Als die Mutter aufgelegt hatte, erklärte sie Niels, was vorgefallen war. Der Vater hatte einen Unfall gehabt. Ihm sei nichts passiert und er würde nun bald kommen.

Als sich endlich der Schlüssel im Schloss bewegte, sprangen Niels und seine Mutter gleichzeitig auf und liefen zur

Tür. Sie umarmten den Vater, der offensichtlich unverletzt war. Er zog seinen Mantel aus und begann dann zu erzählen:

„Ich bin durch die Parkstraße gefahren, natürlich ganz langsam bei diesen glatten Straßen. Da kam aus dem Eichenweg ein Auto heraus. Das konnte nicht mehr bremsen und ist mir genau in die rechte Seite gerutscht." Dabei stellte seine linke Hand sein Auto dar, während die rechte Hand das gegnerische Fahrzeug war. Dann schob er die Hände so zusammen, dass sich die Fingerspitzen tief in die Hand bohrten, die sein Auto symbolisieren sollte.

„Und dabei hatte der noch ein Stoppschild", berichtete der Vater weiter. „Aber es ist zum Glück nur Blechschaden. Bei unserem Auto ist die Tür eingedrückt. Sie rastet nicht mehr ein. Damit ich noch fahren konnte, habe ich sie mit meinem Schlips am Beifahrersitz festgebunden." Erst jetzt sahen die beiden, dass der Vater keine Krawatte mehr trug. „Bei dem anderen Wagen ist noch viel mehr kaputt. Der musste abgeschleppt werden."

„Aber das ist ja alles ein Fall für die Versicherung", ergänzte er. „Nun will ich schnell noch bei der Autowerkstatt anrufen, bevor dort Feierabend ist." Er griff zum Telefonhörer und wählte die Nummer. Das Gespräch schien aber nicht zu seiner Zufriedenheit zu verlaufen.

„Die haben keinen Termin mehr frei. In der Werkstatt stehen viele Autos mit Blechschäden, weil es doch in den letzten Tagen immer so glatt war. Und die können mir nicht mal einen Ersatzwagen geben." Der Vater war sicht-

lich erregt. Niels überlegte, wie er ihm helfen könnte.
Dann hatte er eine Idee:

„Du kannst doch bei Onkel Willi anrufen, der hat doch
auch eine Autowerkstatt." Onkel Willi war der Bruder seines Vaters. Es gab nur ein Problem: Die beiden waren zer-
stritten. Niels wusste zwar nicht, worum es in dem Streit
gegangen war, aber Onkel Willi wurde nie zu Familienfei-
ern und ähnlichen Anlässen eingeladen. Als er einmal seine Mutter nach dem Grund fragte, sagte sie nur: „Das ist
eine lange Geschichte."

Das „Nein" seines Vaters auf den Vorschlag kam ganz
entschieden. „Dann fahre ich lieber mit dem Bus." Damit
war für ihn das Thema erledigt.

Das Abendbrot verlief stiller als sonst. Auch Niels wagte
nicht, vom Kindergarten zu erzählen. Und den Wunschzettel, den würde er an diesem Abend auch nicht seinem
Vater geben. Wahrscheinlich würde er bei seinem Ärger
vergessen, ihn an den Weihnachtsmann weiter zu schicken.

Als seine Mutter ihn ins Bett brachte, versuchte er noch
einmal den Grund für den Streit mit Onkel Willi heraus-
zufinden. Aber sie sagte wieder: „Das ist eine lange Geschichte." Etwas unruhig schlief er ein und träumte, wie
Onkel Willi auf seinen Vater losrannte und ihn kräftig in
die Seite stieß.

Als er am nächsten Morgen erwachte, hatte er aber eine
Idee. Sein Freund Eric wohnte nicht weit von der Werkstatt seines Onkels entfernt. Er würde sagen, dass er zu

Eric wollte, aber dann zu seinem Onkel gehen. Irgendeiner musste ihm doch erklären können, was da nun vorgefallen war. Außerdem könnte Onkel Willi auch das Auto reparieren.

Am Nachmittag stieg er in den Bus. Er war schon öfter zu Eric gefahren. Und es war ganz einfach, weil der Bus genau vor dem Haus hielt, in dem Eric wohnte. Aber Niels fuhr noch weiter. Als er das große Schild der Automarke mit den zwei Buchstaben sah, wusste er, dass er nun aussteigen musste.

Er hatte sich nicht überlegt, was er sagen wollte. Auch war ihm nicht bewusst, dass ihn sein Onkel kaum erkennen würde, schließlich hatten sie sich eine ganze Zeit nicht gesehen. Er würde ihn aber erkennen. Niels hatte ein Bild vom ihm in einem Album gesehen, das er erst vor Kurzem mit seiner Mutter durchgeblättert hatte. Sein Onkel war groß, hatte einen Schnurrbart und einen kugelrunden Bauch.

„Wo finde ich Onkel Willi?" fragte er einen Verkäufer, nachdem er das Geschäft betreten hatte. Natürlich kannte der Verkäufer keinen „Onkel Willi". Aber Niels hatte ihn schon entdeckt. „Hallo", sagte er, dann verließ ihn doch ein wenig der Mut.

„Wer bist du denn?" fragte ihn sein Onkel. „Willst du ein Auto bei mir kaufen?" fragte er lächelnd. Niels schüttelte den Kopf und erzählte etwas stockend, dass sein Vater einen Autounfall gehabt hätte, das Auto nun kaputt sei und repariert werden müsste.

„Und wer ist dein Vater?" fragte Onkel Willi nun nach. Umständlich versuchte Niels, ihm die Verwandtschaftsverhältnisse zu erklären. Schließlich begriff Onkel Willi, wer da vor ihm stand: „Dann bist du ja mein Neffe Niels." Ob er nun der Neffe war, war ihm egal, aber Niels stimmte, und das war die Hauptsache.

Dann kam Niels zur Sache und erzählte, was er von dem Unfall behalten hatte. Dabei nahm er seine Hände zu Hilfe, wie er es bei seinem Vater gesehen hatte. Aber im Gegensatz zu ihm untermalte Niels das ganze Geschehen noch mit passenden Geräuschen. Besonders erwähnte er dann, dass sein Vater Ärger mit seiner Werkstatt hätte und sein Onkel ihnen allen nun helfen müsse.

„Und deine Eltern haben dich zu mir geschickt?" fragte er mit gerunzelter Stirn. „Nein, die wissen gar nicht, dass ich hier bin. Die denken, ich bin bei meinem Freund Eric." Und dann stellte er die Frage, die ihn brennend interessierte. „Warum kommst du nicht mehr zu uns?" Als sein Onkel nicht sofort antwortete, ahnte Niels schon, was er sagen würde: „Das ist eine lange Geschichte."

Aber Niels gab nicht auf. „Du musst aber Papa helfen. Sonst muss er mit dem Bus zur Arbeit fahren." Dann erinnerte er sich an das, was seine Eltern geplant hatten: „Und nach Weihnachten wollten wir in die Berge fahren und Ski laufen und so."

„Na, dann werde ich wohl zuerst bei euch zu Hause anrufen und Bescheid sagen, wo du bist." Mit diesen Worten griff Onkel Willi zum Telefon. Niels sah ihn gespannt an.

Er hatte kein schlechtes Gewissen wegen seiner Flunkerei. Er wollte doch nur helfen, und da war jedes Mittel erlaubt.

Das Gespräch, das sein Onkel mit seiner Mutter führte, war recht lang. Niels verstand nicht viel, weil er ja nicht hören konnte, was seine Mutter antwortete. Aber so viel war klar. Sein Onkel würde ihnen helfen.

„Na, dann komm mal mit", forderte ihn sein Onkel auf. „Ich bringe dich jetzt nach Hause und dort sehe ich mir den Schaden gleich einmal an. Das sollten wir doch bis Weihnachten alles wieder repariert haben.

Die Fahrt nach Hause verlief kurzweilig, zumal der Onkel in seinem Auto einen ‚Fernseher' hatte, auf dem die Straßen zu sehen waren. „Das ist ein Navi", erklärte ihm sein Onkel. „Das zeigt mir genau an, wo ich fahren muss." Niels unterdrückte die Frage, woher das Gerät denn wüsste, wohin der Onkel wollte. Es war einfach faszinierend, was er alles in diesem Auto entdeckten konnte.

Onkel Willi parkte sein Auto neben dem ramponierten Wagen seines Bruders. „Na, das muss ja ganz schön gekracht haben", stellte er fest. Als er die mit der Krawatte zugebundene Tür sah, musste er lächeln. „Aber das werden wir schon hinbekommen", meinte er, nachdem er mehrfach um das Auto herumgegangen war und das Fahrzeug von allen Seiten betrachtet hatte.

Wenig später kam der Vater nach Hause. Er sah Niels bei dem Wagen. Aber noch bevor er ihn fragen konnte, was er da machte, entdeckte er seinen Bruder. Das verschlug ihm die Sprache. „Was willst denn du hier?" brachte er mühsam hervor.

„Du suchst doch eine gute Autowerkstatt", sagte er mit einem Blick auf die verbeulte Tür. „Ich wüsste da eine", ergänzte er. Bevor der Vater etwas erwidern konnte, lief Niels auf ihn zu: „Bei Onkel Willi wird unser Auto ganz bestimmt heil gemacht." Und nach einer kleinen Pause: „Dann brauchst du nicht mehr Bus zu fahren."

Die beiden Männer standen sich stumm gegenüber. Niels sah von einem zum anderen. Dann schickte ihn sein Vater in die Wohnung zur Mutter. Das war Niels zwar nicht recht, er hätte gerne gehört, was die beiden Männer noch zu besprechen gehabt hätten. Aber sein Gefühl sagte ihm, dass er besser gehorchen sollte.

Nach schier endlos langer Zeit kam der Vater auch in die Wohnung. Zwei Paar fragende Augen blickten ihn an. „Ja, Willi wird unser Auto reparieren. Er ist jetzt mit unserem Wagen zurückgefahren. Wir haben erst einmal sein Auto." „Das mit dem Fernseher?" fragte Niels dazwischen, aber keiner antwortete ihm. „In drei Tagen soll ich nachfragen, ob das Auto fertig ist."

Wieder verlief das Abendbrot schweigend. Niels war ganz froh darüber. Es wäre doch peinlich gewesen, wenn seine Lüge vom Nachmittag zur Sprache gekommen wäre. Aber andererseits hatte er ja auch geholfen, dass ihr Auto nun repariert werden würde.

Nach dem Essen verschwand Niels ganz schnell in seinem Zimmer. Er nahm ein neues Blatt aus seinem Zeichenblock und begann zu malen. Erst der dritte Versuch sah so aus, wie Niels es sich vorgestellt hatte. Mit dem Blatt in der Hand ging er ins Wohnzimmer.

„Du, Papa, ich habe hier meinen Wunschzettel. Den wolltest du doch dem Weihnachtsmann schicken." Die Mutter schaute nur kurz herüber. Sie kannte ja die Wünsche ihres Sohnes. Aber sie war sehr erstaunt, als sie nun das Blatt sah. Auf der einen Seite waren drei Menschen gemalt. „Das sind wir"; erklärte Niels. Auf der anderen Seite war ein Mann mit einem dicken Bauch und Schnurrbart zu sehen: „Das ist Onkel Willi." Dann deutete er auf den Tannenbaum, den er in die Mitte des Bildes gemalt hatte: „Und mein einziger Wunsch ist es, dass Onkel Willi mit uns Weihnachten feiert."

Niels sah von seinem Vater zu seiner Mutter und dann wieder zurück: „Meinst du, dass der Weihnachtsmann das hinbekommt?"

Anna und ihr Plan

Endlich war es soweit. Anna würde in diesem Jahr ihren Wunschzettel an den Weihnachtsmann selbst schreiben können. Schließlich ging sie seit dem Sommer in die zweite Klasse und kannte schon alle Buchstaben.

Dann kam ein Abend im November. Ihre Eltern saßen sich am Tisch gegenüber und hatten Anna gebeten, ihnen ganz ruhig zuzuhören. Ein wenig stockend begann ihre Mutter das Gespräch: „Also, dein Papa und ich..." Sie stockte. „Ich meine, vielleicht hast du es schon mitbekommen, ..." Hier griff der Vater ein: „Also, deine Mutter und ich werden uns trennen. Ich ziehe morgen in eine andere Wohnung."

Anna verstand nicht sofort, was das bedeutete und blickte mit großen Augen von einem zu anderen. „Ziehen wir alle in eine neue Wohnung?" fragte sie verstört.

Ihre Mutter versuchte eine Erklärung: „Papa und ich verstehen uns nicht mehr so gut. Und wir wollen auch nicht immer streiten. Deshalb ist es besser, wenn er auszieht." Und nach einer Weile ergänzte sie: „Du bleibst natürlich hier wohnen."

Immer noch schaute Anna abwechselnd ihre Eltern an. Dann füllten sich ihre Augen mit Tränen, die ganz langsam über ihre Wangen kullerten. Als ihre Mutter sie in den Arm nehmen wollte, wand sie sich heraus und lief in ihr Zimmer.

Weinend lag sie auf ihrem Bett und versuchte zu verstehen, was sie soeben erfahren hatte. Ihr fiel ein, dass einige der Kinder in ihrer Klasse gesagt hatten, ihre Eltern wären geschieden. Aber besonders fröhlich hatten sie dabei nicht ausgesehen. – Als ihre Mutter noch einmal in ihr Zimmer schaute, tat sie so, als würde sie schlafen.

In den nächsten Tagen wurde Anna es erst richtig bewusst, dass ihr Vater nicht mehr in der gemeinsamen Wohnung lebte. Dabei hoffte sie jeden Abend, dass er doch noch zur Tür hereinkommen würde. Alles wäre dann nur ein böser Traum gewesen.

Als dann die Mutter am ersten Advent eine Kerze auf dem Adventskranz anzündete, wurde es Anna plötzlich klar, dass ihr Vater auch zu Weihnachten nicht bei ihnen sein würde. Das war unvorstellbar. Wieder liefen die Tränen über ihre Wangen. Ihre Mutter vermochte sie nicht zu trösten.

Am nächsten Tag sprach sie das erste Mal mit ihrer Freundin Steffi über ihre Sorgen, als sie gemeinsam von der Schule nach Hause gingen. Bei Steffi lagen die Dinge jedoch anders. Ihr Vater war ebenfalls kaum zu Hause. Das lag aber daran, dass er als Seemann über die Weltmeere fuhr. Wenn er dann zu Hause war, war es immer ganz besonders schön.

„Auch bei uns fällt dieses Jahr Weihnachten aus", sagte Steffi, nachdem sie von Annas Sorgen erfahren hatte. „Mein Vater ist auf See und meine Mutter betreut am Heiligen Abend die Menschen, die sonst ganz alleine wären."

Und etwas später fügte sie hinzu: „Du kannst ja auch mit deiner Mutter kommen. Ich bin übrigens auch da."

In den nächsten Tagen gingen Anna diese Worte nicht aus dem Kopf und es entwickelte sich eine Idee, die sie dann mit Steffi besprach: „Ich kommen mit meiner Mutter. Sie wird mir diesen Wunsch bestimmt nicht abschlagen. Und meinen Vater werde ich auch dahin einladen. Dann feiern wir eben dort gemeinsam Weihnachten." Sie wusste zwar noch nicht genau, wie sie das hinbekommen sollte, aber ihr würde bestimmt etwas einfallen.

Eher beiläufig erzählte sie ihrer Mutter, dass Steffis Mutter sich am Heiligen Abend um alleine lebende Menschen kümmern würde, und fügte ganz harmlos die Frage an: „Können wir da nicht auch hingehen?" „Aber wir sind doch nicht alleine, wir sind doch zu zweit", entgegnete die Mutter. „Aber Steffi wird auch da sein", machte Anna einen weiteren Versuch. Und als ihre Mutter noch immer nicht zustimmte, sagte sie schließlich: „Ich wünsche es mir zu Weihnachten." Dann endlich sagte ihre Mutter ja.

Bei ihrem nächsten Besuch bei ihrem Vater erzählte sie, dass es am Heiligen Abend eine Feier für allein lebende Menschen gibt. „Du lebst doch alleine?" Das war mehr eine Feststellung als eine Frage. „Ich melde dich da an", fuhr sie mit fester Stimme fort. Als ihr Vater sie etwas verwirrt ansah, erklärte sie weiter: „Die Mutter von Steffi arbeitet da und feiert mit den Menschen."

Auch Annas Vater wollte nicht dorthin gehen, aber Anna bettelte so lange, bis er zustimmte. „Steffi ist auch da, und die wird mir erzählen, ob du da warst oder nicht", ergänzte Anna, damit ihr Vater es sich nicht noch einmal anders überlegen konnte.

Die Tage bis zum Weihnachtsfest vergingen noch langsamer als sonst im Jahr. Steffi war schon ganz genervt, weil Anna sie bestimmt zehnmal gefragt hatte, ob ihre Mutter auch einen Tisch für zwei Personen reserviert hatte, und ob der Tisch auch etwas am Rand des Raumes stand.

Endlich war es soweit: Heiliger Abend. Aufgeregt gingen Anna und ihre Mutter zu der weihnachtlichen Veranstaltung. Der Raum war festlich geschmückt, es gab einen Weihnachtsbaum und auf jedem Tisch eine brennende Kerze. Das Weihnachtsgebäck verbreitete einen wunderbaren Duft, der so richtig zur Stimmung passte.

Anna und ihre Mutter setzten sich an den zugewiesenen Tisch und beobachteten, wie die anderen Menschen kamen und sich hinsetzten. Bald waren nur noch wenige Plätze frei. Anna rutschte von ihrem Stuhl und sagte, dass sie noch einmal zur Toilette müsste. Sie ging aber zur Eingangstür und schaute hinaus. Wo blieb nur ihr Vater?

Nach einigen endlos erscheinenden Minuten kam er – und war sehr erstaunt, seine Tochter hier anzutreffen. „Ich musste doch sehen, ob du wirklich kommst", erklärte sie kurz. Und bevor er weitere Fragen stellen konnte, zog sie ihn mit sich in den Saal und zu dem Tisch, an dem ihre Mutter saß.

Verblüfft sahen sich die beiden Erwachsenen an. Aber sie verstanden sehr schnell, was hier gespielt wurde. Bevor sie aber etwas sagen konnten, bot Anna ihrem Vater ihren Stuhl an: „Sonst ist hier sowieso kein Platz mehr." Und dann fügte sie hinzu: „Ich gehe dann 'mal zu Steffi, sonst ist die ganz alleine."

Annas Eltern saßen eine ganze Zeit schweigend am Tisch. Sie merkten schon, wie Anna oft zu ihnen herübersah. Dann begann die Weihnachtsfeier mit Liedern, Gedichten und Geschichten. Anschließend gab es Kaffee und das schon die ganze Zeit so köstlich duftende Weihnachtsgebäck.

„Wir haben doch eine ganz schön einfallsreiche Tochter", begann der Vater das Gespräch. „Sie wollte uns zu Weihnachten unbedingt zusammenbringen." „Und das ist ihr auch gelungen." Im Inneren waren beide stolz auf ihre Anna. Vielleicht sollten sie es ja doch noch einmal gemeinsam versuchen.

Briefe an den Weihnachtsmann

Simon liebte es, Schlittschuh zu laufen. Er erinnerte sich daran, wie schön es vor einem Jahr war, als er auf dem zugefrorenen Dorfteich seine Runden drehen konnte. Damals hatte er nur die abgelegten Schlittschuhe seines Cousins gehabt. So war es klar, was er sich in diesem Jahr zu Weihnachten wünschte: ein paar neue Schlittschuhe.

Auch wenn er mit seinen acht Jahren nicht mehr an den Weihnachtsmann glaubte, schrieb er doch einen Wunschzettel, den er dann am Abend auf die Fensterbank legte. Dort lag auch der Brief an den Weihnachtsmann, den sein drei Jahre jüngerer Bruder Steffen gezeichnet hatte. Das Feuerwehrauto war gut als solches zu erkennen.

Obwohl beide Jungen sicher waren, dass die Eltern die Briefe vom Fensterbrett nahmen, wollten sie in dieser Nacht wach bleiben, um ihre Vermutung zu überprüfen. Aber sie waren doch so müde, dass sie fest schliefen. Und am nächsten Morgen waren die Zettel fort.

An jedem Tag im Advent interessierte sich Simon besonders für den Wetterbericht. Hoffentlich würde es bald so kalt werden, dass der Dorfteich wieder zufror. Dann würde er seine neuen Schlittschuhe – er war sicher, dass er sie zu Weihnachten bekommen würde – richtig ausprobieren können.

Während in der Nacht die Temperaturen zwar unter Null lagen und sich auf dem Teich eine dünne Eisschicht bildete, war es am Tag wieder wärmer, und das Eis schmolz. Simon wusste aus Erfahrung vom letzten Jahr, dass es erst einige Tage ganz kalt sein musste, bevor er und die anderen Kinder das Eis auf dem Dorfteich betreten durften.

Je näher Weihnachten kam, desto mehr wurde er nervös. Langsam zweifelte er daran, ob es noch so kalt werden würde, dass der Teich zufror. Aber er hatte eine Idee, die er mit seiner Mutter besprach: „Ob ich dem Weihnachtsmann noch einen Wunschzettel schreibe, dass er den Teich zufrieren lässt?"

Die Mutter antwortete nicht sofort. Sie wollte den Glauben an einen Weihnachtsmann nicht noch unterstützen. Andererseits fand sie aber die Zuversicht von Simon gut, dass sie ihm nicht abraten wollte. Ob sich aber das Wetter nach dem Wunsch ihres Sohnes richten würde, da war sie skeptisch.

Simon hatte den Brief schon fertig und zeigte ihn seiner Mutter:

„Lieber Weihnachtsmann,
ich habe dir schon geschrieben, weil ich mir neue Schlittschuhe wünsche. Aber nun muss es auch kalt werden, damit ich die neuen Schlittschuhe auf dem Dorfteich ausprobieren kann. Bitte mache, dass der Teich bis Weihnachten zufriert.
Dein Simon"

Wieder legte er seinen Zettel auf das Fensterbrett, und wieder war er am nächsten Morgen verschwunden. Für

Simon war das ein Zeichen, dass es nun kälter werden müsste. Mehrmals am Tag schaute er auf das Thermometer. Immer wenn ein Minuszeichen vor der Zahl stand, war er sehr zufrieden. Und er hatte Glück: In den letzten Tagen vor dem Fest blieb das Minuszeichen auch am Tag stehen. Allerdings war der Dorfteich, zu dem er täglich hinging, nur mit einer dünnen Eisschicht bedeckt. An einigen Stellen war sogar noch Wasser zu sehen.

Es wurde Heiligabend, und der Dorfteich hatte immer noch keine tragfähige Eisdecke. Enttäuschung war in Simons Gesicht abzulesen. Ob der Weihnachtsmann seinen zweiten Brief nicht bekommen hatte?

Unter dem Weihnachtsbaum lagen die erhofften Geschenke: die Schlittschuhe für Simon und das Feuerwehrauto für Steffen. Während Steffen den ganzen Abend mit seinem Auto in allen Zimmern alle möglichen Brände löschte, war Simon ein wenig traurig. Er blätterte zwar in den Büchern, die er auch geschenkt bekommen hatte und naschte etwas vom bunten Teller, aber so ganz groß war seine Weihnachtsfreude nicht.

Am ersten Weihnachtstag gingen alle gemeinsam in die Kirche. Nach dem Gottesdienst schlug der Vater vor, noch einen kleinen Spaziergang zu machen. Dann würden sie alle richtig Hunger bekommen, und der Weihnachtsbraten würde ihnen noch besser schmecken.

Der Weg führte sie vorbei an den Feldern, die jetzt im Winter leer waren. Aber auf einem Feld war ein kleiner See zu sehen, der sonst nicht da war. Und dieser See war ganz zugefroren. Die beiden Jungen schauten die Eltern an. Als die nickten, liefen sie los. Sie schlitterten über die Eisfläche, die beide ohne Probleme trug. Durch das Eis konnten sie den Acker sehen.

Langsam begriff Simon, dass der Weihnachtsmann auch seinen zweiten Weihnachtswunsch erfüllt hatte: einen zugefrorenen Teich, auf dem er Schlittschuhe laufen konnte. Er lief zu seinen Eltern, umarmte sie und stotterte so etwas, dass der Weihnachtsmann doch ganz lieb sei.

Am Nachmittag trafen sich einige Kinder mit ihren Schlittschuhen auf dem künstlichen See. Auch einige Eltern standen dabei und tranken ein wenig Punsch aus den mitgebrachten Thermoskannen. „Wie bist du den auf diese Idee gekommen?" fragte einer der Eltern Simons Vater.

„Ich habe dem Weihnachtsmann ein wenig geholfen", schmunzelte er, „und Wasser auf das Feld gepumpt. Da es nur wenige Zentimeter hoch steht, ist es ganz schnell gefroren. Und nun haben wir einen Schlittschuhteich auf dem Feld."

In den nächsten Tagen war Simon kaum zu Hause anzutreffen. Runde für Runde drehte er auf dem künstlich angelegten See mit seinen neuen Schlittschuhen. Wenn er dann erschöpft nach Hause kam, gratulierte er sich dazu, dass er dem Weihnachtsmann noch einen zweiten Brief geschrieben hatte – auch wenn er nicht glaubte, dass es den Weihnachtsmann wirklich gab.

Der Weihnachtsbaumschmuck

„Was haltet ihr davon, wenn ihr dieses Jahr den Schmuck für unseren Weihnachtsbaum selber bastelt?" Fragend sah die Mutter ihre beiden Kinder an.

„Na ja", meinte Sven, der sich mit seinen 8 Jahren schon recht erwachsen fühlte. „Oh, ja", rief Lisa, seine 2 Jahre jüngere Schwester aus. Dann überlegte sie kurz und sagte: „Ich kann Tannenbäume basteln, die hängen wir dann an die Zweige."

Sven tippte sich mit dem Finger an die Stirn: „Tannenbäume im Weihnachtsbaum. Du spinnst wohl." Da er den warnenden Blick seiner Mutter sah, verzichtete er auf weitere Äußerungen.

Die Mutter hatte alles besorgt, was für die Bastelstunde gebraucht wurde: Goldene, silberne, rote, blaue und sogar grüne Folie, und dazu schmale Bänder, mit denen die Kunstwerke dann an den Baum gehängt werden konnten. Klebstoff und Scheren lagen auch auf dem Tisch, dazu hatte Sven auch noch ein Lineal mitgebracht. „Das muss alles exakt ausgemessen werden", verkündete er altklug.

Lisa fing gleich an, einen Tannenbaum aus einer Folie zu schneiden. Allerdings wurde ihr Werk krumm und schief und ähnelte nur sehr entfernt einem solchen Baum. Bevor Sven sich dazu äußern konnte, fing er wieder einen mahnenden Blick von seiner Mutter auf. Es war also besser zu schweigen.

Einen kleinen Augenblick war Lisa traurig. Dann hatte sie eine neue Idee: „Ich bastel eine Girlande." Dazu schnitt sie aus den verschieden farbigen Folien schmale Streifen heraus. Zwar hatten nicht alle die gleiche Breite, aber das störte sie nicht besonders. Sie klebte sie zu Ringen zusammen, wobei immer ein Ring durch einen anderen verlief und so eine Kette entstand.

Nach dem dritten Ring aber klebten auch ihre Finger zusammen, sodass sie nicht weiter arbeiten konnte. „Los, Hände waschen", sagte die Mutter. Lisa gehorchte ohne Murren. Allerdings wiederholte sich dieses Spiel noch einige Male, bis die fertige Kette die Länge hatte, mit der Lisa zufrieden war.

Sven hatte inzwischen aus den Folien Würfel und Quader gebastelt. Auch er musste sich zwischendurch seine Finger waschen. Seine Teile sahen recht gut aus. „Was soll das denn sein?" fragte Lisa und zeigte stolz ihre Girlande. „Das werden Geschenke", erklärte Sven, während er aus der roten Folie ganz schmale Streifen ausschnitt. Die klebe ich rundum, dann sieht es aus wie ein verpacktes Geschenk." Er hatte ganz bewusst sonst keine rote Folie verwendet.

Dann half die Mutter Lisa beim Ausschneiden von Tannenbäumen, und sie zeigte ihrer Tochter noch einen Trick. Sie schnitt einen Baum von oben bis zur Mitte ein und einen anderen von unten her. So konnte sie die beiden ineinanderstecken. Lisa war begeistert. So kam sie doch noch zu ihren Tannenbäumen.

Sven hatte inzwischen einige Sterne ausgeschnitten, die er vorher, ganz exakt, auf die Folie gezeichnet hatte. Dabei hatte er pfiffig mehrere Folien übereinandergelegt und so mit einem Arbeitsgang gleich eine ganze Anzahl von Sternen erhalten. Dann sah er den Trick, den die Mutter seiner Schwester gezeigt hatte, und tat das Gleiche auch bei seinen Sternen. Er schnitt sie bis zur Mitte ein und steckte sie zusammen. Egal, von welcher Seite man sie auch betrachtete, man konnte immer einen Stern erkennen.

Am Schluss der Arbeit musste noch aufgeräumt werden. Dann verstaute die Mutter den Schmuck vorsichtig in einem Karton, der damit fast bis oben gefüllt wurde. Anschließend gab es dann Plätzchen und Kakao.

Am 23. Dezember schmückten die Eltern den Weihnachtsbaum. Er stand, wie jedes Jahr, im Wintergarten, sodass man um ihn herumgehen konnte. Wie immer wurden die Rollos an den Fenstern ganz heruntergezogen, damit ihre Kinder nicht schon vorher den geschmückten Baum sehen konnten.

Als die Mutter dann am Heiligen Abend mit dem Glöckchen läutete, stürmten Lisa und Sven erwartungsvoll in den Wintergarten. Dort strahlten die Lichter am Baum und spiegelten sich an dem aus der glänzenden Folie hergestellten Schmuck. Ganz still standen die beiden davor. Es war ihnen anzusehen, wie stolz sie auf ihr Werk waren. Dann ging Sven um den Baum herum. „Lisa, komm schnell her", rief er. Dann sah auch sie, was ihr Bruder kurz vorher entdeckt hatte. Auf der anderen Seite war der

Baum mit den silbernen und roten Kugeln geschmückt, wie sie es aus den letzten Jahren kannten.

„Das ist ja stark", murmelte Sven anerkennend. Die Eltern schmunzelten. Bisher hatten ihre Kinder noch mit keinem Blick die unter dem Baum liegenden Geschenke betrachtet. „Dann habt ihr den Erwachsenen-Baum und wir unseren Kinder-Baum."

Kritisch betrachten die beiden Kinder noch einmal ihre Seite. Lisa war stolz auf die Girlande, die sie fast alleine gebastelt hatte. Etwas skeptisch sah Sven auf die Weihnachtsbäume seiner Schwester. Aber wenigstens einer aus grüner Folie war dabei. Mit seinem Beitrag zum Weihnachtsbaumschmuck war er sehr zufrieden. Das musste er möglichst bald seinem Freund Peter erzählen.

Als sich die beiden am zweiten Weihnachtstag trafen, konnte Sven nicht schnell genug berichten: „Wir haben in diesem Jahr zwei Weihnachtsbäume in einem." Peter schaute ihn mit leicht geöffnetem Mund an. Das Fragezeichen in seinem Gesicht war nicht zu übersehen. „Eigentlich sind es zwei halbe Weihnachtsbäume", versuchte Sven weiter zu erklären. Aber das Fragezeichen blieb im Gesicht seines Freundes bestehen. Erst als er ausführlich geschildert hatte, was es mit dem Weihnachtsbaum auf sich hatte, verstand Peter seine erste Beschreibung.

„Das mache ich im nächsten Jahr auch", sagte er ganz begeistert. Dann stockte er. „Aber ich kann ja gar nicht basteln." Sven legte ihm seinen Arm um die Schulter und sagte hilfsbereit: „Ich helfe dir dabei."

Der Weihnachtswunsch

Es ist in jedem Jahr das Gleiche. Spätestens am vierten Advent beklagt sich der achtjährige Ben bei seinen Eltern, dass er gerade am Heiligen Abend Geburtstag hat: „Da kriege ich nur einmal Geschenke." Wie auch in den letzten Jahren ist auch die Antwort der Eltern unverändert: „Du bekommst am Morgen dein Geburtstagsgeschenk und am Abend auch noch etwas vom Weihnachtsmann."

In diesem Jahr hat Ben noch ein anderes Argument: „Außerdem kann ich nie richtig mit meinen Freunden Geburtstag feiern. Die müssen wegen Weihnachten ja alle zu Hause bleiben."

„Mir geht es auch nicht besser", mischt sich seine zwei Jahre ältere Schwester Rita ein. „Ich habe zwar im Juli Geburtstag. Aber entweder sind wir verreist oder alle meine Freundinnen sind weggefahren."

Während der Vater so etwas brummelt wie: ‚Stellt euch doch nicht so an!', hat die Mutter einen Vorschlag: „Ihr könnt euch als Weihnachtsgeschenk einen neuen Geburtstag aussuchen. Dann feiern wir an dem Tag so, so wie ihr euch das wünscht." Zunächst schauen die beiden Kinder etwas unentschlossen, dann findet die Idee aber ihre Zustimmung.

Rita und Ben verziehen sich in ihr Kinderzimmer, beide mit Papier, Bleistift und einem Kalender bewaffnet. Ben springt von einem Monat zum anderen und findet viele schöne Termine, die er kurz darauf wieder verwirft: „April wäre toll, aber da sind ja Osterferien. August ist auch nicht schlecht, aber da ist es meistens so heiß. Oktober ist super, aber da ist es so windig."

Rita schüttelt den Kopf. „Du musst logisch vorgehen", sagt sie, während sie Monat für Monat durchgeht und sich Vor- und Nachteile überlegt. „Was weißt du als Mädchen von Logik", giftet er zurück.

Rita greift zum Radiergummi und wirft damit nach ihrem Bruder, verfehlt aber ihr Ziel. „Nicht einmal richtig werfen kannst du", kommentiert Ben die Aktion seiner Schwester. Bevor er aber das Radiergummi zurückwerfen kann, schaut die Mutter um die Ecke: „Na, kommt ihr voran?"

„Das ist ganz schön schwierig", erklären beide. Dann wird es wieder still, und sie überlegen weiter, welcher Tag am besten für ihren Geburtstag geeignet wäre.

Nach einiger Zeit kommt Rita zu einem Entschluss: „Ich glaube, ich bleibe bei meinem bisherigen Tag. Selbst wenn nicht alle meine Freundinnen dabei waren, hatten wir immer schönes Wetter."

Auch Ben hat kein neues Datum für seinen Geburtstag gefunden. „Irgendwie ist es auch toll, schon am Morgen Geschenke zu bekommen. Damit kann ich dann schon den ganzen Tag spielen. Dann vergeht die Zeit zur Bescherung auch viel schneller."

Die Mutter stellt einen Teller mit leckeren Plätzchen auf den Esstisch und ruft ihre Kinder. Als die beiden erscheinen, blickt sie die beiden fragend an: „Na, wann wollt ihr denn nun Geburtstag haben?" Nach einer Pause antwortet Rita: „Wir wollen keine neuen Geburtstage. Wir behalten unsere Tage bei."

„Na, hoffentlich haben wir nächstes Jahr nicht wieder die gleiche Diskussion", bemerkt der Vater, während die Mutter still vor sich hin lächelt. Dann greifen alle zu und lassen sich die Kekse gut schmecken.

Die Perlenkette

Susanne war schon ganz aufgeregt. Endlich durfte sie zum ersten Mal mit in die Chorprobe. Dort wurde für das Weihnachtsfest geübt.

Vor wenigen Tagen war Susanne 16 Jahre alt geworden. Im Chor durfte man erst mitsingen, wenn man mindestens 16 Jahre alt war. Das hatte der Kantor ihr mehrfach gesagt, immer, wenn sie bettelte, doch schon früher in den Chor eintreten zu dürfen.

Ihre Eltern und ihr zwei Jahre älterer Bruder sangen auch im Chor. Da war es für sie ganz klar, dass sie ebenfalls mitsingen würde, sobald sie alt genug war.

Der Kantor, der den passenden Namen Brams trug, hatte sie vor zwei Tagen zur Stimmprobe gebeten und dann entschieden, dass sie im ersten Sopran mitsingen sollte. Das gefiel Susanne deshalb so gut, weil auch ihre Mutter diese Stimme sang. So konnten sie zu Hause die Lieder üben, die Weihnachten in der Kirche erklingen sollten.

Die meisten Lieder kannte Susanne schon aus ihrer Kindheit, aber es sollte auch eine Motette vorgetragen werden, die Herr Brams selbst komponiert hatte. Dieses Musikstück war ihr fremd, aber sie würde fleißig üben, damit sie ihre Stimme auch richtig singen konnte.

Die Wochen bis zum Weihnachtsfest vergingen wie im Flug. In der Schule wurden einige Klausuren geschrieben,

dann galt es, Weihnachtsgeschenke für ihre Familie auszusuchen und zu besorgen. Und schließlich waren noch
die wöchentlichen Chorproben.

Am 23. Dezember fand dann die Generalprobe statt. Herr
Brams war zufrieden. Susanne war stolz, dass sie nun mitten zwischen den Sängerinnen und Sängern auf der Empore stehen und mitsingen durfte. Wie oft hatte sie sich
das in den letzten Jahren gewünscht.

Um 15:00 Uhr am Heiligen Abend sollte das Konzert beginnen. Da die Kirche nicht allzu weit entfernt war, ging
Susanne mit ihren Eltern und ihrem Bruder zu Fuß dorthin. Sie trug ein blaues Kleid, das sie zum Geburtstag bekommen hatte und dazu neue Schuhe, die sie erst zu
Weihnachten erhalten sollte. Aber ihre Mutter hatte sich
erweichen lassen und ihr die Schuhe schon vor dem Fest
gegeben. In diesen Schuhen war sie nicht mehr „die Kleine". Mit dieser Anrede würde sie ihr Bruder nicht mehr
ärgern können, denn nun war sie fast so groß wie er.

Susannes Mutter hatte ihr auch noch eine Perlenkette ge-
liehen, die wunderbar zu dem übrigen Outfit passte. Damit kam sich Susanne schon richtig erwachsen vor.

Es war kalt geworden. Deshalb legte sich Susanne ihren
kuschligen Schal um, bevor sie ihren Mantel anzog. Dann
ging es los zur Kirche.

Pünktlich zum Beginn des Konzertes begann es zu
schneien. Man konnte durch die Kirchenfenster die

Schneeflocken fallen sehen. Dadurch stieg die Weihnachtsstimmung bei allen Beteiligten mächtig an, und die Lieder klangen noch einmal so strahlend und freudig.

Am Ende des Konzertes bedankte sich Herr Brams bei den Chormitgliedern. Er hielt keine lange Rede, denn alle wollten schnell nach Hause, um im Familienkreis Weihnachten zu feiern.

Noch bevor sie die Kirche verließen, lobte Susannes Vater seine Tochter: „Das hast du toll gemacht." Und ihr Bruder kommentierte: „Du hast auch kaum gestört."

Inzwischen lag schon eine ganze Schicht Schnee auf dem Bürgersteig. Obwohl alle es eilig hatten, nach Hause zu kommen, gingen sie vorsichtig durch die weiße Pracht.

Zu Hause angekommen wollte Susanne ihr Schuhe am liebsten anbehalten, aber ihre Mutter war dagegen. Missmutig zog Susanne sie aus. Schal und Mantel warf sie auf ihr Bett. Dann griff sie an ihren Hals, um die Kette abzunehmen. Wenn sie schon nicht ihre neuen Schuhe anbehalten durfte, wollte sie auch die Kette nicht mehr tragen. Aber sie fasste ins Leere. Da war keine Kette mehr. Erschrocken stellte sie sich vor den Spiegel. Es stimmte, die Kette war nicht mehr da.

In Panik griff sie nach ihrem Schal in der Hoffnung, dass sie daran hängen geblieben war. Aber da war sie nicht. Auch das Ausschütteln ihres Mantels nützte nichts. Die Kette war weg.

Es half nichts, sie musste zu ihrer Mutter gehen und ihr den Verlust beichten. Hoffentlich würde sie nicht so doll schimpfen, schließlich waren es eine wertvolle Kette mit echten Perlen. Die schöne Weihnachtsstimmung war auf einmal wie weggeblasen.

Die Mutter war sehr erschrocken. Sie sah aber die Tränen in Susannes Augen und schimpfte nicht. Stattdessen fragte sie: „Wo hast du die Kette das letzte Mal gesehen?" „In der Kirche, auf der Empore." Nach kurzer Pause fuhr sie fort: „Wir müssen sie sofort suchen gehen." Sie griff nach ihrem Mantel.

„Moment", sagte ihr Vater, „lass uns noch einmal gründlich in deinem Zimmer umsehen. Vielleicht ist sie dir beim Ausziehen heruntergefallen." Aber die Suche blieb erfolglos.

„Im weißen Schnee werden wir keine weiße Perlenkette finden können. Außerdem kannst du sie unterwegs auch gar nicht verloren haben. Du hattest ja einen Schal um den Hals und den Mantelkragen hochgeschlagen." Susanne beruhigte sich etwas. Wie klug und umsichtig ihre Eltern doch waren.

„Dann muss sie in der Kirche sein, dort wo ich meine Sachen ausgezogen habe. Wir müssen sofort losgehen und sie dort suchen." Bei diesen Worten zog sie sich auch gleich den Mantel über.

„Moment", sagte der Vater wieder, „die Kirche ist jetzt abgeschlossen. Da kommen wir nicht hinein."

„Aber Herr Brams hat doch bestimmt einen Schlüssel. Wenn wir ihn jetzt anrufen, lässt er uns sicher in die Kirche hinein."

Wieder musste ihr Vater sie bremsen: „Du willst ihn doch jetzt nicht stören, wenn er mit seiner Familie Weihnachten feiert, oder?" Daran hatte Susanne in ihrer Aufregung gar nicht gedacht. Aber ihr war im Moment auch gar nicht weihnachtlich zumute.

Alle setzten sich ins Wohnzimmer. Der Weihnachtsbaum stand unbeleuchtet in der Ecke. Unter seinen Zweigen lagen, in buntes Papier eingepackt, die Geschenke. Aber keiner hatte in diesem Moment dafür Interesse.

Alle überlegten, wo die Kette sein könnte. Nur Susannes Bruder war mit seinen Gedanken ganz woanders. Aber wenigstens machte er keine dummen Bemerkungen.

„Wir werden morgen rechtzeitig vor dem Weihnachtsgottesdienst in die Kirche gehen und dann dort einmal genau schauen, wo du Mantel und Schal hingehängt hattest. Mehr können wir im Moment nicht tun."

Susanne ging in ihr Zimmer. Sie erinnerte sich an ihren Konfirmandenunterricht. Dort hatte der Pastor gesagt, dass man beten sollte, wenn man etwas verloren hatte. Der liebe Gott könnte einem durchaus helfen, es wiederzufinden. Zwar hatte Susanne seit ihrer Konfirmation nicht gebetet, aber nun wollte sie es tun.

„Lieber Gott, ich habe Muttis wertvolle Kette verloren. Bitte hilf doch, dass wir sie wieder finden. Amen." Sie hatte keine Idee, wie Gott das anstellen würde.

Als Susanne ins Wohnzimmer kam, brannten am Weihnachtsbaum die Kerzen. Der Tisch war gedeckt. „Es hat keinen Zweck, Trübsal zu blasen", sagte der Vater, während er begann, etwas von dem Weihnachtsessen auf seinen Teller zu füllen. Dabei wurde er durch das Klingeln des Telefons unterbrochen. „Na, wer will uns denn jetzt ein frohes Weihnachtsfest wünschen." Mit diesen Worten nahm er den Hörer ab und meldete sich.

Alle lauschten gespannt, wer denn nun angerufen hatte. So sehr sie sich auch anstrengten, konnten sie aus den Wortfetzen nicht herausbekommen, wer am anderen Ende der Leitung war.

Als Susannes Vater den Hörer aufgelegt hatte, sah er nur fragende Gesichter bei seinen Lieben. Er musste sich ein Grinsen verkneifen. „Ihr wollt bestimmt wissen, wer angerufen hat, nicht wahr?"

Er wartete die zustimmende Antwort gar nicht erst ab: „Frau Brams hat angerufen, sie hat die Kette gefunden. Sie war noch einmal auf die Empore gegangen, weil sie ihre Noten dort liegen gelassen hatte. Da hat sie die Kette entdeckt. Und dann hat sie überlegt, wer dort gestanden und eine solche Kette getragen hatte. Da bist du ihr eingefallen."

Susanne konnte zunächst gar nicht glauben, was sie gehört hatte. Dann versuchte sie sich zu erinnern. Der Verschluss der Kette musste sich geöffnet haben, als sie ihre herunter gefallenen Noten aufgesammelt hatte. Weil sie so aufgeregt war, schließlich war es ihr erstes Konzert, hatte sie den Verlust der Kette nicht gemerkt. Außerdem hatte sie sich so gefreut, dass es zu Weihnachten endlich einmal schneite.

„Frau Brams bringt die Kette morgen mit zum Gottesdienst", unterbrach der Vater ihre Gedanken. Und mit
einem Schmunzeln ergänzte er: „Du kannst ihr ja dann
einen Weihnachtsmann aus Schokolade mitbringen, so als
Finderlohn." Das wollte Susanne gerne tun.

Nach dieser Bemerkung war die trübe Stimmung wie
weggeblasen. Das Essen schmeckte allen noch einmal so
gut. Als sie dann ihre Geschenke auspackten, war die verloren gegangene Kette vergessen.

Die Weihnachtsbaumkugel

Wir lebten in einer kleinen Wohnung, meine Eltern und ich. Soweit ich mich zurückerinnern kann, hatten wir in jedem Jahr einen geschmückten Weihnachtsbaum. Er war etwas einen Meter hoch und stand auf dem Radio zwischen den beiden Fenstern.

Mein Vater schmückte den Baum immer am Heiligen Abend. Wir hatten silberne Kugeln, Lametta und echte Kerzen. Es war ein schönes Bild, wenn sich die Lichter vielfach in diesem Schmuck widerspiegelten.

Als ich etwas vier oder fünf Jahre alt war, wollte ich meinem Vater beim Schmücken helfen. Meine Hilfe bestand darin, dass ich ihm Kerzenhalter und Kugeln anreichte.

Ich hatte eine von den besonders schönen Weihnachtsbaumkugeln in der Hand. Sie war nicht nur einfach rund, sondern hatte einen fächerförmig, nach innen gewölbten Teil. Diese Kugel war besonders zerbrechlich.

Dann passierte es. Irgendwie hatte ich sie ungeschickt angefasst. Es knackte, und ich hatte nur noch Scherben in der Hand. Ich erstarrte. Mein Gesicht muss einen ungläubigen Ausdruck angenommen haben.

Ich sehe den Blick meines Vaters noch genau vor mir: „Was hast du da gemacht? Und das heute, am Heiligen Abend. Wenn das der Weihnachtsmann erfährt." Es schien, als könne er gar nicht glauben, was soeben passiert war.

Inzwischen erwachte ich aus meiner Erstarrung. Meine ersten Gedanken waren bei der bevorstehenden Bescherung. Ob ich nach meinem Missgeschick überhaupt noch Geschenke erhalten würde?

Wir fegten die Scherben auf und mein Vater brachte sie zum Mülleimer. Ich setzte mich still in eine Ecke des Sofas. An diesem Tag würde ich keine Kugel mehr anrühren. Einen Trost hatte ich: Mein Vater hatte nicht mit mir geschimpft.

Die Stunden bis zur Bescherung vergingen noch langsamer als im letzten Jahr. Endlich war es soweit. Ich hatte mein Gedicht aufgesagt und vom Weihnachtsmann einige Pakete erhalten. Seine Rute hatte er stecken lassen.

Als ich die Geschenke auspackte, war mir klar, dass mein Vater dem Weihnachtsmann gegenüber nichts von meinem Missgeschick erwähnt hatte. Ob er mit meiner Mutter darüber gesprochen hatte, habe ich nie erfahren.

Als ich älter geworden war, habe ich dann das Schmücken des Weihnachtsbaums alleine übernommen. Immer, wenn ich dann eine dieser besonderen Kugeln in der Hand hielt, dachte ich an dieses Weihnachtsfest zurück.

Fragen, immer nur Fragen

„Wo wohnt eigentlich der Weihnachtsmann?", fragte Paula, die mit ihren Eltern und ihrem Bruder am Kaffeetisch saß. Es war der vierte Advent.

„Der wohnt im Himmelsdorf", antwortete ihre Mutter. Und ihr Vater ergänzte: „Und das ist ganz weit weg."

„Da wo Tante Agnes wohnt?", fragte Paula nach. Sie hatte gehört, dass ihre Eltern davon sprachen, dass Tante Agnes ganz weit weg wohnte und sie sehr lange fahren müsste, wenn sie einmal zu Besuch kommen wollte. „Der Weihnachtsmann wohnt noch weiter weg", antwortete Paulas Vater.

„Dann braucht er aber ganz lange, bis er bei uns ist", stellte Paula fest. Sie war mit ihren vier Jahren ganz stolz darauf, dass sie das schon so gut überlegen konnte. „Aber der Weihnachtsmann hat einen schnellen Schlitten und viele Rentiere, die ihn auch ganz schnell ziehen können", beruhigte die Mutter ihre Tochter.

Aber die Fragerei ging immer weiter: „Und wer bastelt die vielen Geschenke, die sich die Kinder gewünscht haben?" „Der Weihnachtsmann hat viele, viele Helfer, die das machen", erklärte der Vater.

„Aber woher wissen sie dann, was die Kinder sich wünschen?", wollte Paula dann noch weiter wissen. „Na, von den Wunschzetteln, die die Kinder geschrieben haben. Deiner ist sicher auch dabei", sagte die Mutter.

„Aber Paula kann doch gar nicht schreiben", mischte sich nun ihr Bruder Carsten ein. Er ging schon in die zweite Klasse und hatte mithilfe seiner Mutter seine Wünsche fein säuberlich aufgeschrieben.

„Ich habe sie gezeichnet", entgegnete Paula und streckte ihrem Bruder die Zunge aus. Dabei dachte sie an den Puppenwagen, den sie sich wünschte und die Puppe mit den blonden Löckchen. Außerdem hatte sie noch Buntstifte hingemalt, so gut, wie das mit ihren alten Buntstiften möglich war.

Paula legte ihre Stirn in Falten, dann hatte sie die entscheidende Idee: „Wenn der Weihnachtsmann die Geschenke bringt, dann werde ich ihn das alles selber fragen." Paulas Eltern sahen sich an. Dabei mussten beide ein wenig grinsen, aber sie sagten nichts weiter dazu. Das war halt ihre Tochter Paula. –

Der Heilige Abend war ein Tag, an dem die Stunden nur ganz langsam vergingen. Ins Wohnzimmer durften die Kinder nicht, denn dort stand schon der geschmückte Weihnachtsbaum. Während ihre Mutter in der Küche das Weihnachtsessen vorbereitete, versuchte der Vater mit den Kindern sich die Zeit zu vertreiben. Zuerst spielten sie Karten, dann las er ihnen noch eine Geschichte vor. Als die Mutter in der Küche fertig war, musste sie mit Paula noch einmal ihr Weihnachtsgedicht üben. Schließlich wollte sie es fehlerfrei aufsagen, damit ihr der Weihnachtsmann auch alle Geschenke von ihrem Wunschzettel bringen würde.

Aber endlich war es soweit. Alle gingen ins festlich geschmückte Weihnachtszimmer. Die Kerzen am Weihnachtsbaum brannten und spiegelten sich tausendfach in
den Kugeln. Dann setzte sich die Mutter ans Klavier und
alle sangen ein Weihnachtslied.

„Wann kommt denn endlich der Weihnachtsmann?", fragte Paula ungeduldig. Als hätte der Weihnachtsmann das
gehört, klingelte es an der Tür und er kam herein. An-
dächtig schaute Paula zu diesem großen Mann hoch, der
einen langen weißen Bart hatte und einen roten Mantel
trug. In seinem Gürtel steckte eine Rute und über der
Schulter trug er einen Sack, den er nun abstellte.

„Ward ihr auch alle artig?" Diese Frage hatten die Kinder
erwartet und antworteten laut und mit fester Stimme:
„Ja!" Dann mussten beide ein Gedicht aufsagen. Während
Carsten einmal ins Stocken geriet, dann aber von alleine
weiter wusste, sagte Paula ihr Gedicht ohne Fehler auf.

„Dann will ich einmal sehen, was ich für euch mitgebracht habe." Mit diesen Worten öffnete der Weihnachtsmann seinen Sack. Paula bekam zuerst eine Schachtel mit
Buntstiften. Dann sah man viele blonde Locken und
schließlich die ganze Puppe. Paula strahlte, als sie dieses
Geschenk in den Armen hielt.

Auch Carsten war mit seinen Gaben zufrieden. Die Mühe,
den Wunschzettel ganz sauber zu schreiben, hatte sich ge-
lohnt.

Paula setzte ihre Puppe in die Sofaecke und sah den
Weihnachtsmann mit großen Augen an. Mit zaghafter

Stimme sagte sie: „Ich hatte mir doch auch noch einen Puppenwagen gewünscht." Dabei kullerten ein paar Tränen über ihre Wangen.

„Das stimmt", sagte der Weihnachtsmann, „der steht noch draußen vor der Tür. Der hat nämlich nicht in den Sack gepasst." Die Enttäuschung in Paulas Gesicht verwandelte sich in ein Strahlen. Sie lief in den Flur und kam mit ihrem neuen Puppenwagen herein. „Danke, danke, lieber Weihnachtsmann", rief sie. Dann legte sie ihre neue Puppe hinein und fuhr in ihr Zimmer. Schließlich wollte sie ihre alte Puppe auch in den Puppenwagen legen. Den Weihnachtsmann hatte sie in diesem Augenblick ganz vergessen. –

Als schließlich alle am gedeckten Tisch saßen und das Weihnachtsmenü verspeisten, sah Carsten seine Schwester an und sagte: „Du wolltest doch den ...". In diesem Moment trafen ihn die strafenden Blicke seiner Eltern. Sie wussten, wie der Satz weitergehen würde, und ahnten, wie Paula darauf wohl reagiert hätte. Aber Carsten sprach zum Glück nicht weiter. Und der Gesichtsausdruck seiner Eltern entspannte sich wieder. Sie waren froh darüber, dass ihr Sohn auf ihre Blicke hin richtig reagiert hatte. –

An dieser Stelle mögen sich der geneigte Leser und die geneigte Leserin es selbst einmal ausmalen, wie der Abend weiter verlaufen wäre, wenn Carsten seine Schwester wirklich daran erinnert hätte, was sie den Weihnachtsmann alles fragen wollte.

Krise im Weihnachtsland

Alles war wie immer. Die Wunschzettel der Kinder waren rechtzeitig im Weihnachtsland eingetroffen. In der Buchhaltung wurden sie in den himmlischen Computer eingegeben. Der sortierte sie entsprechend und druckte Listen für die vielen Werkstätten aus.

In diesem Jahr fiel aber auf, dass sich ganz viele Kinder Spielzeug aus Holz gewünscht hatten: Autos und Eisenbahnwagen, Puppenhäuser und Bauklötze und noch viele andere Sachen mehr, die in der Tischlerwerkstatt hergestellt werden mussten.

Damit war klar, dass die meisten Wichtel bei der Holzabteilung eingesetzt wurden. Sie sägten, hobelten und feilten. Dann setzten sie die Teile zusammen und brachten sie zum Bemalen zu den Künstlern unter den vielen Wichteln.

Bis Mitte Dezember lief alles reibungslos. Sie waren alle gut im Zeitplan. Aber dann passierte es. Die große Säge ging mit einem lauten Knall und einer Rauchwolke kaputt. Sie ließ sich weder erneut einschalten, noch konnte man das Sägeblatt bewegen.

Durch diesen Lärm alarmiert kam auch der Weihnachtsmann in die Werkstatt, um zu sehen, was dort passiert war. In der Zwischenzeit war aber auch schon der himmlische Reparaturdienst eingetroffen. Die Wichtel schraubten die Verkleidung der Maschine ab, besahen sich die

Zahnräder, rüttelten an den Ketten und prüften die Leitungen.

Je länger sie damit beschäftigt waren, desto mehr Sorgenfalten erschienen auf ihren Stirnen: „Das wird eine längere Reparatur werden. Wir müssen in der Schmiede neue Zahnräder anfertigen lassen. Auch viele Leitungen müssen ersetzt werden."

„Das geht nicht", sagte der Weihnachtsmann und schüttelte den Kopf, „die Sachen müssen bis zum Heiligen Abend fertig sein." Dann wandte er sich ab und ging, helfen konnte er sowieso nicht.

Inzwischen hatte sich die größte Aufregung gelegt. Viele der Wichtel aus der Holzwerkstatt, die im Moment nichts zu tun hatten, unterstützten die anderen Abteilungen. Waren zum Beispiel Puppenkleider fertig genäht, dann zogen sie den Puppen die Kleider an. Frisch bemalte Gegenstände trugen sie in den Trockenraum und brachten die fertigen Dinge wieder mit. Außerdem halfen sie, die Spielsachen schön bunt zu verpacken.

Die Idee dahinter war klar: Weil sie in den übrigen Abteilungen mithalfen, würde man dort früher fertig sein. Dann konnten die Wichtel, die sie jetzt unterstützten, ihnen helfen, wenn die große Säge repariert war.

In der Zwischenzeit hatte der Weihnachtsmann eine Krisensitzung einberufen, an der auch Knecht Ruprecht und einige Engel teilnahmen. „Was machen wir nur?" Diese Frage stellte der Weihnachtsmann in den Raum. Aber alle Vorschläge, die kamen, wurden wieder verworfen.

„Wir schenken den Kindern Gutscheine." „Aber damit kann man unter dem Weihnachtsbaum doch nicht spielen."

„Wir verlegen die Bescherung, zum Beispiel auf den 6. Januar." „Aber dann gibt es am Heiligen Abend lange Gesichter."

„Nur die artigen Kinder bekommen dieses Jahr Geschenke." „Dann bin ich nicht mehr der liebe Weihnachtsmann." Damit wischte er auch diese Idee vom Tisch.

Alle saßen mit gesenktem Kopf da, als es an der Tür vorsichtig klopfte. Ein Engel öffnete. Ein ganz kleiner Wichtel stand da und sagte: „Ich habe eine Idee." Sofort richteten sich alle Augen auf ihn.

„In den anderen himmlischen Bereichen sind doch viele, die als Tischler, Schreiner oder Zimmerleute gearbeitet haben, als sie noch auf der Erde waren. Die könnten doch jetzt helfen und mit der Hand sägen und hobeln und schmirgeln." Diese Idee wurde begeistert aufgenommen. In den nächsten Tagen war wieder Hochbetrieb in der Holzwerkstatt. Jeder freie Platz war besetzt. Überall wurde fleißig nach den Plänen der Wichtel Holz geschnitten und bearbeitet. Man kam gut voran, allerdings hatte man bis vier Tage vor Weihnachten gerade einmal die Hälfte der Spielsachen fertig. Und immer wieder schaute der Weihnachtsmann herein, um sich über den Stand der Arbeiten zu informieren.

Endlich kam der himmlische Reparaturdienst mit den Ersatzteilen und baute sie ein. Alle waren gespannt, ob die

Maschine nun wieder funktionieren würde. Der Chef der Wichtel drückte auf den Einschaltknopf. Tatsächlich, der Motor lief an und das Sägeblatt bewegte sich. Alle Anwesenden applaudierten.

Dann gingen alle wieder an die Arbeit. Sie schufteten Tag und Nacht, um alle Spielsachen noch rechtzeitig fertig zu bekommen. Viele Wichtel aus den anderen Abteilungen halfen ihnen dabei mit. Das letzte Geschenk wurde am Heiligen Abend um vier Uhr nachmittags in den großen Sack des Weihnachtsmanns gelegt, der schon auf dem abfahrbereiten Rentierschlitten lag.

Erschöpft sackten die Wichtel zusammen. Viele gingen gar nicht mehr in ihre Betten. Sie legten sich in der Werkstatt in eine Ecke und schliefen sofort ein.

Planmäßig konnte der Weihnachtsmann, zusammen mit seinem Helfer, alle Kinder bescheren. Die Rute, die er ja immer dabei hatte, brauchte er nicht zu benutzen.

Auf der Rückreise von der Erde sagte der Weihnachtsmann: „Hoffentlich passiert so etwas im nächsten Jahr nicht wieder. Ich bin in den letzten Tagen um Jahre gealtert." Dabei strich er sich über seinen weißen Bart.

Knecht Ruprecht war es wohl so ähnlich ergangen. „Es hat doch noch alles geklappt, aber nur, weil alle zusammengearbeitet haben."

Am Heiligen Abend

Draußen begann es dunkel zu werden. Im Wohnzimmer leuchteten die Kerzen am Weihnachtsbaum und spiegelten sich mehrfach in den goldenen und roten Kugeln. Auf dem Sofa saß die Mutter und hatte den zweijährigen Benjamin auf dem Schoß. Neben ihr saß Franziska, ihre vierjährige Tochter. Sie kuschelte sich ganz eng an ihre Mutter.

Der Vater hatte sich in den Sessel gesetzt und lächelte zufrieden. Endlich war der Wirbelwind Franziska zur Ruhe gekommen. Den ganzen Tag war sie durch die Wohnung gehüpft und hatte immer wieder gefragt: „Wann kommt endlich der Weihnachtsmann?"

Im Zimmer herrschte eine gespannte Stille. Plötzlich klopfte es an die Tür. Der Vater stand auf und öffnete. Es war der Weihnachtsmann, der geklopft hatte. Die beiden Kinder blickten ihn mit großen Augen an. Er sah genauso aus wie auf den Bildern. Er hatte einen langen, roten Mantel an, unter dem seine schwarzen Stiefel zu sehen waren. Auf dem Kopf trug er eine rote Mütze, unter der weiße Locken hervorschauten. Sein weißer Bart war sehr lang und reichte bis zu seinem Bauch.

„Das war aber eine lange Reise zu euch", stöhnte der Weihnachtsmann und stellte seinen großen Sack ab. „Wohnen hier ganz artige Kinder?" Der Weihnachtsmann sprach langsam und mit tiefer Stimme.

Ganz schüchtern antwortete Franziska mit „Ja". Benjamin nickte dazu.

„Stimmt das auch?" Diese Frage richtete er an die Mutter, die die Antwort ihrer Kinder bestätigte. Auch der Vater nickte eifrig mit dem Kopf.

„Könnt ihr denn auch ein Gedicht?", fragte der Weihnachtsmann weiter. Die Mutter stieß Franziska an und gab ihr einen kleinen Schubs. Sie rutschte vom Sofa herunter und stellte sich vor dem Weihnachtsmann auf. Vor Aufregung hatte sie ganz rote Wangen:

Lieber, guter Weihnachtsmann,
schau mich nicht so böse an.
Stecke deine Rute ein,
ich will auch immer artig sein.

Sie machte noch einen Knicks, wie sie es mit ihrer Mutter geübt hatte. Dann krabbelte sie schnell wieder auf das Sofa. Benjamin hatte die ganze Zeit ganz still seine Lippen bewegt und immer wieder ‚Weihnachtsmann' gesagt.

„Na, dann kann ich meine Rute ja stecken lassen." Mit diesen Worten schob er das Reisigbündel noch fester in seinen Gürtel.

„Für artige Kinder habe ich auch etwas in meinem Sack." Er griff hinein und zog ein bunt eingepacktes Paket heraus. „Das ist für Franziska." Wieder griff er in seinen Sack. „Und das ist für Benjamin." Sein Paket war so groß, dass die Mutter es für ihn festhalten musste.

„Waren eure Eltern auch artig?" „Ja!", sagte Franziska dieses Mal laut und deutlich. Benjamin nickte wieder dazu.

„Dann sollen sie auch ein Geschenk bekommen." Es waren zwei kleine Päckchen, die er den beiden überreichte. Dabei musste die Mutter grinsen. Sie hatte das Rasierwasser und ihr Mann das Parfum bekommen.

„Dann seid weiter schön artig", wandte sich der Weihnachtsmann erneut den Kindern zu, „dann komme ich im nächsten Jahr wieder." Franziska murmelte ein „Ja" und ihr Bruder nickte dazu. Ihre Gedanken waren bei ihren Geschenken. Sie wollten doch endlich wissen, was in ihren Paketen war.

Der Weihnachtsmann verabschiedete sich. Der Vater brachte ihn noch bis zur Wohnungstür. Inzwischen half die Mutter Benjamin, sein Geschenk auszupacken. Franziska konnte das schon alleine.

„Oh! Wunderschön!" Mehr brachte sie nicht heraus, als sie eine große Puppe mit blondem Haar in ihren Armen hielt. Dazu gab es allerlei Zubehör, wie einen Handspiegel, Kamm und Bürste. Ihre Augen strahlten. Die Sachen musste sie natürlich sofort ausprobieren.

Benjamin hatte ein Lastauto bekommen. Mit seinem Vater lag er dann auf dem Fußboden und fuhr damit herum. Immer wenn er das Auto schob, leuchteten auf seinem Dach gelbe Lichter auf.

Inzwischen war es draußen ganz dunkel geworden. Die Mutter hatte der Tisch gedeckt. Ein Teller mit leckeren Plätzchen stand in der Mitte. Für die Kinder gab es Saft, für ihren Mann und für sich hatte sie frischen Kaffee aufgebrüht.

„Kommt, es gibt Plätzchen!", rief sie. Der Vater nahm Benjamin auf den Arm und setzte ihn bei sich auf dem Schoß. Franziska hatte ihren eigenen Stuhl, mit dem sie auch am Tisch sitzen konnte. Natürlich musste ihre Puppe mit dabei sein. Sie hatte sie inzwischen ‚Susi' getauft.

Während Benjamin einen Keks in beiden Händen hielt und daran knabberte, musste Franziska ihre Puppe füttern. „Sie muss doch auch etwas essen", verkündete sie. Dabei hielt sie das Plätzchen zuerst an den Mund der Puppe, dann biss sie selbst davon ab. „Das schmeckt doch fein", sagte sie zu ihrer Puppe gewandt.

Nach der Aufregung, die durch den Besuch des Weihnachtsmanns entstanden war, genossen alle einen Moment der Ruhe. Aber Benjamin wollte ganz schnell weiter mit seinem Auto spielen. Also setzte der Vater ihn wieder auf den Fußboden und verfolgte ihn mit den Augen, wie er den Wagen in jede Ecke des Zimmers steuerte.

Franziska saß weiter am Tisch und streichelte ihre Puppe. Plötzlich sagte sie zu ihrer Mutter: „Du hast es gut."

„Wieso?"

„Na, du brauchtest für den Weihnachtsmann kein Gedicht aufsagen."

Die Mutter überlegte einen Augenblick. Dann antwortete sie: „Wenn du groß bist und älter, dann brauchst du das auch nicht mehr."

Franziska schaute zu ihrer Puppe: „Susi, wir müssen ganz schnell groß und älter werden."

Saskia und Svenja

„Wir werden es ihnen heute Abend sagen." „Sie werden sicher enttäuscht sein." Den letzten Satz, den ihre Mutter gesagt hatte, hatte Saskia mitbekommen. „Wer wird worüber enttäuscht sein?" Abwechselnd blickte sie ihren Vater und ihre Mutter an. Mit ihren 14 Jahren war sie schon fast so groß wie ihre Eltern.

Svenja, ihre zwei Jahre jüngere Schwester stand gleich hinter ihr. Sie wollte auf keinen Fall etwas von dem Gespräch verpassen.

„Setzt euch erst einmal hin", sagte der Vater. Dann begann er: „In diesem Jahr wird der Heilige Abend anders ablaufen, als wir es sonst gemacht haben. Ich muss nämlich den ganzen Tag arbeiten."

Das Gesicht der beiden Töchter wurde immer länger, und Enttäuschung breitete sich darauf aus, als ihre Mutter ergänzte: „Ich werde auch am Heiligen Abend im Seniorenheim gebraucht."

Der Vater war Polizist. Natürlich musste auch Weihnachten die Polizei einsatzbereit sein, wenn irgendetwas Schlimmes passierte. Aber warum musste es gerade ihr Vater sein?

Auch die alten Leute im Heim, in dem ihre Mutter arbeitete, mussten an den Weihnachtstagen versorgt werden. Das verstanden sie schon. Aber warum musste das gerade ihre Mutter tun?

„Bis Weihnachten sind ja noch ein paar Tage Zeit. Bis dahin können wir uns noch überlegen, wie wir Weihnachten feiern wollen." Mit diesem Satz beendete der Vater das Thema. Es war nur zu verständlich, dass die Stimmung an diesem Abend recht niedergedrückt war.

In den letzten Jahren hatten die Eltern den Weihnachtsbaum früh morgens am Heiligen Abend im Wohnzimmer, natürlich hinter verschlossenen Türen, geschmückt und dann den Raum abgesperrt. Erst am Abend, wenn die Mutter das Glöckchen läutete, durften Saskia und Svenja das Zimmer betreten. Bevor sie ihre Geschenke auspacken durften, mussten sie ein Gedicht aufsagen oder auch etwas auf ihren Flöten vorspielen. – All das würde in diesem Jahr entfallen.

Nach dieser Nachricht schmeckten den beiden Mädchen die schönen Kekse nicht mehr, die ihre Mutter gebacken hatte, und die sonst ganz schnell aufgegessen waren.

Der einzige Höhepunkt war der dritte Advent, an dem der Schulchor, in dem auch die beiden Mädchen mitsangen, ins Seniorenheim gehen würde. Dort wollte man den Bewohnern eine Freude mit einigen Liedern und Geschichten machen. Dieses Ereignis lenkte Saskia und Svenja ein wenig von der veränderten Situation an Weihnachten ab. –

Im großen Saal des Heims waren an diesem Tag alle Bewohner zusammengekommen, die noch gehen oder sich mit einem Rollator fortbewegen konnten. Einige der alten Leute wurden auch im Rollstuhl hereingefahren.

Nach dem ersten Lied, das die Senioren mit viel Applaus bedachten, meldete sich der Heimleiter zu Wort. Er dankte den Schülerinnen und Schülern für ihren Einsatz und freute sich, dass so viele Heimbewohner bei dem Konzert dabei sein konnten. In einem Nebensatz wies er darauf hin, dass manche der hier lebenden Menschen gerade in der Adventszeit sehr einsam seien, da sie niemanden hatten, der sie besuchen würde.

Das Konzert wurde ein großer Erfolg. Saskia, die eine Geschichte vorlesen durfte, machte ihre Sache gut. Sie hatte den Text laut und deutlich und nicht zu schnell vorgetragen. – Ihre Mutter, die auch anwesend war, erzählte ihr später, dass alle Zuhörer ihren Worten ganz gespannt gelauscht hätten.

Inzwischen hatte die Familie auch geklärt, wie der Heilige Abend bei ihnen zu Hause ablaufen sollte. Der Weihnachtsbaum würde schon am Vorabend im Wohnzimmer aufgestellt und geschmückt werden – natürlich wieder hinter verschlossenen Türen.

Wenn die Eltern am Heiligen Abend wieder zu Hause waren, wollten sie zunächst etwas essen, traditionell Würstchen und Kartoffelsalat. Dann würde es die Bescherung geben. In der Nacht wollten sie schließlich zur Mitternachtsmesse gehen.

Die beiden Mädchen hatten aber einen ganz anderen Plan, den sie mit ihrer Mutter besprachen. Sie wollten am Nachmittag des 24. Dezember ins Heim kommen und die alten Bewohner besuchen, die sonst niemanden mehr hatten, der sie besuchen könnte. Dazu wollten sie ihre Flöten mitbringen und ihnen einige Weihnachtslieder vorspielen. Ihre Mutter sollte das mit dem Heimleiter klären und ihnen dann sagen, wen sie besuchen konnten.

Am Heiligen Abend machten sie sich auf den Weg. Ihre Mutter hatte ihnen ein Zettel gegeben, auf den vier Zimmernummern standen, dazu auch die Namen der Leute, die darin wohnten. Keiner dieser Bewohner würde zu Weihnachten Besuch erhalten.

Die Senioren waren überrascht, dass zwei junge Menschen sie am Heiligen Abend besuchten. Noch mehr freuten sie sich über die Weihnachtslieder, die die beiden Mädchen ihnen vorspielten. Über manches Gesicht liefen einige Tränen der Freude.

Schließlich fragte Saskia die Senioren, wie sie Weihnachten in ihrer Jugend gefeiert hatten. Da es die Zeit kurz nach dem Krieg war, gab es meistens keinen Tannenbaum. Einen Wunschzettel zu Weihnachten hatte niemand geschrieben. Sie waren dankbar, wenn sie als besonderes Geschenk eine Apfelsine erhielten oder sogar eine Tafel Schokolade.

Recht nachdenklich machten sich Saskia und Svenja auf den Heimweg. Durch ihren Besuch war ihnen klar geworden, wie gut sie es hatten.

Zu Hause deckten sie im Esszimmer den Tisch und bereiteten alles vor, damit die Eltern, wenn sie von der Arbeit kämen, sich hinsetzen und gleich mit dem Essen beginnen konnten.

Als alle dann am Tisch Platz genommen hatten, wurde allerdings nicht sofort gegessen. Die Mädchen wollten zuerst erzählen, was sie bei ihrem Besuch im Heim erlebt hatten.

Es war ein ganz anderer Heiliger Abend geworden als sonst. Aber Saskia und Svenja waren nicht enttäuscht oder gar traurig. Die Freude, die sie den Senioren bereitet hatten, hatte sie selbst erfasst. An diesem Weihnachtsfest würden sie nicht nur selbst Geschenke erhalten, sie hatten auch andere Menschen reich beschenkt.

Schnee, bitte!

Auf Leons Wunschzettel für den Weihnachtsmann standen nur zwei Worte. „Schlitten" und „SCHNEE". Dabei hatte er das Wort "Schnee" in Großbuchstaben geschrieben und für jeden Buchstaben eine andere Farbe verwendet. Er dachte: „Wenn der Weihnachtsmann die vielen, ganz unterschiedlichen Wünsche der Kinder erfüllen kann, dann kann er es sicher auch schneien lassen."

Seit er diese Wünsche aufgeschrieben hatte, war er zu einem eifrigen Radiohörer geworden. Immer wieder schaltete er das Gerät ein, wenn der Wetterbericht gesendet wurde. Aber niemals war dabei von Schnee die Rede. Eher hieß es „Sonnenschein", „bewölkt" oder „10 Grad Celsius".

Rainer, sein Freund, hatte einen Vorschlag: „Du hättest dir auch noch Räder für deinen Schlitten wünschen sollen. Dann könntest du hier mit dem rollenden Schlitten die Abhänge hinunterfahren." Dabei grinste er über das ganze Gesicht. Leon tippt sich an die Stirn: „Du spinnst doch."

Auch am Tag vor dem Heiligen Abend war kein Schnee in Sicht. Im Radio sprach man davon, dass es auch in diesem Jahr wieder grüne Weihnachten geben würde. Deshalb kam bei Leon auch keine rechte Weihnachtsstimmung auf, obwohl die Mutter seine Lieblingsplätzchen gebacken hatte. –

Der Weihnachtsbaum strahlte hell, als Leon das Wohnzimmer betrat. Tatsächlich stand ein Schlitten unter dem Baum. Damit war ja einer seiner Wünsche in Erfüllung gegangen. Aber es fehlte der Schnee, damit er rodeln gehen könnte. Da fiel ihm wieder der Vorschlag mit den Rädern von seinem Freund Rainer ein.

Er war schon etwas enttäuscht. Was sollte er jetzt mit einem Schlitten anfangen, wenn draußen kein Schnee lag. Aber er wollte sich seine Enttäuschung nicht so anmerken lassen. Deshalb bekam er auch nicht mit, wie sich seine Eltern zuzwinkerten.

Dann sagte sein Vater: „Es gibt ja noch ein Geschenk für dich." Leon wurde aus seiner gedrückten Stimmung über den fehlenden Schnee herausgerissen. Wie wollte sein Vater Schnee herbeizaubern?

„Wir haben gestern mit Onkel Richard und Tante Maria telefoniert. Du weißt doch, die wohnen im Harz. Und dort liegt schon ganz viel Schnee." Hier machte der Vater eine Pause. Leon verstand nicht, was sein Vater damit sagen wollte.

„Wie fahren am zweiten Feiertag dahin. Da kannst du deinen Schlitten so richtig ausprobieren."

Es dauerte einige Augenblicke, bis Leon begriff, was dieses Geschenk bedeutete. Wenn hier schon kein Schnee fällt, fährt man einfach dahin, wo Schnee liegt.

Jubelnd umarmte Leon seine Eltern. „Das ist ein tolles Geschenk. Danke! Danke! Danke!" Damit waren seine beiden Wünsche erfüllt worden. –

Der Ausflug in den Harz war ein voller Erfolg. Gleich nach der Ankunft zog Leon mit seinem Schlitten zum nahe gelegenen Rodelberg. Er hatte fast keine Zeit zu essen, obwohl Tante Maria sein Lieblingsgericht gekocht hatte.

Auf der Rückfahrt schlief er schon im Auto ein – mit einem glücklichen Lächeln auf dem Gesicht.

Einige Tage später traf er seinen Freund Rainer: „Na, Leon, hast du zu deinem Schlitten auch Räder bekommen?" „Quatsch. Ich war mit meinen Eltern im Harz. Da lag eine Menge Schnee, und ich habe den ganzen Tag gerodelt." Und noch immer strahlten seine Augen, wenn er daran dachte.

Weihnachtsbaum in Gefahr

Wie jedes Jahr holten mein Vater und ich am 23. Dezember den gekauften Weihnachtsbaum aus der Garage und brachten ihn ins Wohnzimmer. Damit er auch richtig gut zur Geltung kam, musste das Aquarium zur Seite gestellt werden. Das löste jedes Mal Protest bei meiner jüngeren Schwester Miriam aus, denn ihr gehörten die Fische, die darin herumschwammen.

Anschließend wurde das Zimmer abgesperrt, damit meine Schwester und ich den Weihnachtsbaum nicht vor dem Heiligen Abend sehen konnten.

Wie jedes Jahr gab es die Auseinandersetzung zwischen den Eltern: Mutti wollte elektrische Kerzen haben, weil die ungefährlich waren. Vati setzte sich mit den echten Kerzen durch, weil die ein so schönes, warmes Licht verbreiteten.

Der Nachmittag des Heiligen Abends war immer langweilig. Die Minuten wollten nicht vergehen, bevor wir das Weihnachtszimmer betreten durften. Besonders nervig war Miriam, die alle fünf Minuten fragte, wann es denn nun endlich soweit sei. So richtig spielen konnten wir auch nicht, denn wir hatten schon unsere festliche Kleidung angezogen.

Endlich durften wir eintreten. Vati hatte die Kerzen angezündet. Es stimmte, echte Kerzen spendeten ein ganz besonderes Licht. Unter dem Weihnachtsbaum lagen dann unsere Geschenke. Wie im letzten Jahr waren meine Pakete in blaues, die von Miriam in rotes Weihnachtspapier eingepackt.

Bevor wir aber unsere Geschenke auspacken durften, mussten wir noch unsere Weihnachtsgedichte aufsagen. Miriam schaffte das, ohne dass sie einmal ins Stocken geriet. Ich hatte mir ein besonders kurzes Gedicht ausgesucht. Trotzdem blieb ich einmal stecken, vielleicht, weil meine Gedanken schon bei den Geschenken waren.

Dann war es endlich soweit. Miriam und ich knieten vor dem Baum und griffen nach unseren Geschenken. Dabei kamen wir beide uns ins Gehege und Miriam stieß dabei an einen Zweig des Baumes, an dem eine Kerze brannte. Dabei bog sich der Ast zur Seite und die Kerzenflamme entzündete den darüberliegenden Zweig. Es knisterte und roch sofort nach verbrannten Tannennadeln.

Ich war starr vor Schreck, auch Miriam bewegte sich nicht. Nur Vati wurde sofort aktiv, griff nach dem Aquarium und löschte mit dem Wasser die Flammen. Es zischte und eine Dampfwolke stieg zur Decke. Aber das Feuer war aus.

Mutti lief in die Küche, holte Eimer und Wischtuch und begann das Wasser aufzuwischen, bevor es sich im Zimmer verteilte. Vati löschte in der Zwischenzeit die übrigen Kerzen.

Keiner von uns hatte bis zu diesem Augenblick ein Wort gesprochen. Aber dann schrie Miriam: „Meine Fische! Wo sind meine Fische?" Es stimmte, im Aquarium war nur noch ganz wenig Wasser. Und ich konnte auch bloß einen Fisch darin entdecken.

Trotz ihrer schönen Kleidung robbte Miriam unter den Baum durch die Wasserpfütze. Sie fand einige ihrer Fische und trug sie ins Aquarium. An dieser Jagd wollte ich mich nicht beteiligen. Deshalb überlegte ich ganz cool, was ich machen könnte.

Ich holte eine Schüssel aus der Küche, füllte sie mit Wasser und goss sie ins Aquarium. Nachdem ich das fünfmal wiederholt hatte, war das Becken wieder so voll wie vor der Löschaktion.

Miriam schaute ganz angestrengt ins Wasser und versuchte die Fische zu zählen. „Einer fehlt noch", sagte sie noch einer Weile. Ich war mir sicher, dass sie sich verzählt hatte, schließlich schwammen die Tiere doch wild durcheinander.

Als Mutti alles Wasser aufgewischt und Vati den verbrannten Zweig abgeschnitten hatte, setzten wir uns alle um den Tisch. Weihnachtlich war uns im Moment nicht zumute. Auch hatte ich im Augenblick keine Lust, meine Geschenke auszupacken. Miriam ging es ebenso.

„Was hätte nicht alles passieren können", sagte Vati leise.

„Gut, dass du so geistesgegenwärtig reagiert hast", lobte Mutti. Mit keinem Wort erwähnte sie, dass sie für elektrische Kerzen gewesen war. Miriam und ich saßen ganz still dabei.

Plötzlich hörten wir das ‚Tatü tata' der Feuerwehr. Irgendwo musste es brennen. Wir eilten ans Fenster. Vor unserem Haus blieb die Feuerwehr stehen. Dann sahen wir, dass es aus einem Fenster des Hauses von gegenüber qualmte.

Die Feuerwehrmänner rollten Schläuche aus, während die Bewohner das Haus verließen. Bei unseren Nachbarn musste das Feuer wohl größeren Schaden angerichtet haben als bei uns.

Vati und ich gingen nach draußen. Unsere Nachbarn erzählten uns, dass das Öl im Fonduetopf auf einmal angefangen hatte zu brennen. Sie konnten es nicht selber löschen, weil es auch so qualmte. Da haben sie nur noch die Feuerwehr gerufen und die Wohnung verlassen.

Nach einer halben Stunde war der Einsatz der Feuerwehrleute beendet. Wir hörten, dass der Leiter der Truppe zu unseren Nachbarn sagte, dass die Wohnung erst einmal gründlich gelüftet und gereinigt werden müsste, bevor sie wieder benutzt werden könnte. Sie würden sich wohl für die nächsten Tage woanders einquartieren müssen.

Unsere Nachbarn waren ganz still geworden. Damit hatten sie nicht gerechnet – und das ausgerechnet zu Weihnachten.

Dann hörte ich Vati sagen: „Wir haben ein Gästezimmer, dort könnt ihr die nächsten Tage bleiben." Ich war sicher, dass Mutti auch so entschieden hätte.

Während wir alle in unser Haus gingen, dachte ich an die Weihnachtsgeschichte, die wir in der Schule gehört hatten. Maria und Josef hatten auch keine Unterkunft gefunden, bis ein Mann ihnen seinen Stall zur Verfügung gestellt hatte. Genauso hatte Vati gehandelt, als er den Nachbarn anbot, die Tage bei uns zu wohnen. Ich war stolz auf ihn.

Schneeweihnachten

Alles lief so ab wie jedes Jahr. Die Menschen besorgten hektisch Geschenke und die Lebensmittel für das Weihnachtsessen. Aber in ihren Herzen stand der Wunsch, dem ganzen Trubel zu entfliehen und auch endlich einmal wieder weiße Weihnachten zu haben.

Auch bei Familie Müller lief alles so ab wie immer. Am 23. Dezember hatte der Vater den Weihnachtsbaum im Wohnzimmer in den Ständer gesetzt. Dann begannen seine Frau und er den Tannenbaum zu schmücken. Als sie fertig waren, schlossen sie die Tür sorgfältig ab.

Ihre beiden Kinder, die 7-jährige Finja und ihr Zwillingsbruder Frank, mussten in ihren Zimmern bleiben. Schließlich durften sie den Baum erst am Heiligen Abend sehen.

Als es für die Kinder Zeit war, zu Bett zu gehen, gab es damit keine Probleme. So kurz vor Weihnachten waren sie ganz folgsam. Schließlich sollte der Weihnachtsmann ihnen Geschenke bringen und nicht seine Rute benutzen.

Finja träumte von der Puppe, die sie sich gewünscht hatte. Im Traum war sie aber lebendig und so groß wie Finja selbst. Sie gingen zusammen auf den Spielplatz, der nur eine Straße weit entfernt lag. Dort schaukelten sie und kletterten auf den kleinen Turm, um auf der Rutsche wieder hinunterzugleiten.

Auch Frank träumte von seinem Weihnachtswunsch. Das Lastauto, das auf seinem Wunschzettel stand, war im

Traum ein richtiges Fahrzeug und er saß am Steuer. Ganz stolz fuhr er mit dem Wagen durch die Stadt. Dabei mussten ihm die kleineren Autos immer wieder ausweichen.

Gegen Mitternacht schliefen alle Bewohner des Hauses: die alte Frau Schmal, die im Erdgeschoss neben den Müllers wohnte, und auch die Familie Dacher aus der ersten Etage. Vielleicht träumte ihr 6-jähriger Sohn Tobias ebenfalls von seinem Weihnachtswunsch. Das konnte man zumindest denken, wenn man sah, wie er im Schlaf lächelte.

Es war 8:00 Uhr am Heiligen Abend. Der Radiowecker hatte sich eingeschaltet. Vater Müller öffnete die Augen. Dann hörte er die Stimme des Nachrichtensprechers: „In der Nacht ist ein schwerer Schneesturm über unsere Stadt hinweggezogen. Die Polizei bittet alle Einwohner, ihre Häuser nicht zu verlassen!"

Verschlafen rieb er sich die Augen. Dann stieß er seine Frau an: „Hast du das gehört?" „Was?", fragte sie. „Na, heute Nacht soll hier ein Schneesturm gewesen sein." Herr Müller stand auf und ging ans Fenster. Durch die untere Hälfte konnte man gar nicht hinausschauen, sie war völlig von Schnee bedeckt. Durch den oberen Teil sah er nur das Gewirbel der Schneeflocken. „Das gibt es doch nicht!", rief er mehrfach hintereinander aus.

Inzwischen war auch seine Frau aufgestanden und schaute ungläubig aus dem Fenster. Sie alle hatten sich weiße Weihnachten gewünscht, aber so heftig hätte es nicht kommen müssen.

Nachdem sie sich angekleidet hatten, gingen sie ins Esszimmer. Der Balkon war voll Schnee geweht. Die Straße war kaum erkennen, und die Schneehügel, die am Straßenrand zu sehen waren, waren Autos, die dort geparkt hatten.

Inzwischen waren auch ihre Kinder wach geworden und staunten über die weiße Pracht. „Toll! Da kann ich ja gleich rodeln gehen", sagte Frank. „Du wirst gar nicht aus der Haustür herauskommen", bremste sein Vater den Wunsch seines Sohnes. Das musste er dann auch einsehen, als er einen Blick aus dem Küchenfenster geworfen hatte.

„Das muss ich gleich Tobias zeigen", sagte Frank und rannte schon zur Wohnungstür. „Aber erst musst du dich anziehen", ermahnte ihn seine Mutter. Also lief er zuerst in sein Zimmer, bevor er die Treppe nach oben stürmte.

Auch die Familie Dacher war schon aufgestanden. Auf Franks Klingeln öffnete die Mutter. „Wir haben ganz viel Schnee", sprudelte Frank los. „Unser Balkon ist ganz voll. – Wir können nicht aus dem Haus. – Ich würde gerne rodeln gehen." Und nach einer kurzen Pause: „Ist Tobias schon wach? Er muss sich unbedingt unseren Balkon angucken kommen."

Natürlich hatten die Dachers schon das Schneechaos bemerkt. Ihre Dachfenster waren völlig zugeschneit, nur aus den Giebelfenstern konnte man herausschauen.

Inzwischen war auch Tobias an die Tür gekommen. „Das musst du dir angucken, alles voller Schnee." Damit zog

Frank seinen Freund mit nach unten. Dort staunten beide über die Schneemenge, die auf dem Balkon lag.

„Das müssen wir aber alles wegschippen", stellte Herr Müller fest. „Wenn das auftaut, läuft das Wasser in den Raum hinein." Er überlegte einen Augenblick: „Frau Schmal von nebenan hat doch auch einen Balkon. Sie kann aber den Schnee nicht selbst wegschaufeln. Da müssen wir ihr helfen." Dann wandte er sich an Tobias: „Es wäre schön, wenn dein Vater mitmachen könnte. Kannst du ihn bitte herunterholen?"

Tobias ging nach oben und kam mit seinem Vater zusammen herunter. Der sah aber gar nicht glücklich aus. Als Herr Müller nachfragte, sagte er: „Wir haben keinen Weihnachtsbaum. In den letzten Tagen bin ich nicht dazu gekommen, einen Baum zu kaufen. Das wollte ich heute erledigen – aber das geht ja nun nicht."

Franks Mutter war inzwischen mit dazu gekommen. Sie hatte eine Idee: „Wir haben doch einen Weihnachtsbaum, den wir gestern schon geschmückt haben. Kommt doch einfach zu uns herunter. Wir feiern dann gemeinsam Weihnachten." Die Kinder waren davon hellauf begeistert und jubelten.

„Dann wollen wir 'mal nach Frau Schmal sehen", sagten die Männer. Sie klingelten an ihrer Tür. Es dauerte ein wenig, bis sie öffnete. Auch sie sah gar nicht glücklich aus. „Es ist alles so furchtbar. Ich habe fast nichts mehr zu Essen im Haus." Anschließend erklärte sie, dass ihre Tochter eigentlich gestern mit ihr zum Einkaufen fahren wollte, es aber nicht mehr geschafft hatte. Heute ging es nun nicht mehr.

Inzwischen war auch Frau Müller auf dem Flur erschienen. „Kommt, wir gehen in unsere Wohnung. Da können wir in Ruhe besprechen, was wir machen." Sie bat Tobias, auch seine Mutter zu holen.

Der Plan, den sie entwickelten, war ganz einfach. Zusammen hatten die Familien Müller und Dacher so viele Lebensmittel, dass auch Frau Schmal mitessen konnte. Außerdem wäre es doch sehr schön, wenn am Heiligen Abend niemand alleine sein müsste.

Frau Schmal liefen einige Tränen über die Wangen, so gerührt war sie. Sie ging dann in ihre Wohnung zurück, um ihre Tochter anzurufen und ihr zu erzählen, was sie gerade besprochen hatten. „Wir kommen gleich noch zu ihnen, um den Schnee von ihrem Balkon wegzuschaufeln", rief Herr Müller ihr nach.

Plötzlich, wie aus heiterem Himmel, begann Finja zu weinen. „Ich muss doch zum Krippenspiel heute Nachmittag in die Kirche. Wie soll ich da hinkommen?" schluchzte sie. „Ich spiele doch die Maria." Ihre Mutter nahm sie in den Arm und tröstete sie: „Die anderen Kinder können doch auch nicht zur Kirche kommen." Vater Müller hatte dann einen Vorschlag: „Wir rufen den Herrn Pfarrer an, der hat bestimmt schon eine Idee, was wir machen sollen."

Gesagt, getan. Da scheinbar viele Eltern im Pfarrbüro anriefen, musste Herr Müller es viermal versuchen, bis sich der Pfarrer meldete. Finjas Vater war nicht der Einzige, der nach dem Krippenspiel gefragt hatte. Somit konnte das Telefongespräch schon nach wenigen Augenblicken beendet werden. „Wenn die Straßen bis morgen soweit geräumt sind, findet das Krippenspiel am ersten Weihnachtstag statt, gleiche Uhrzeit." Damit war Finja zufrieden.

Mit Schneeschiebern bewaffnet begannen die Männer, die Schneemassen vom Balkon zu schippen. Zum Glück war der Schneefall weniger geworden. „Sonst hätten wir immer wieder von vorne anfangen müssen."

Herr Dacher ging zusammen mit Tobias zu Frau Schmal, um dort den Balkon vom Schnee zu räumen, während Herr Müller, mit tatkräftiger Hilfe von Frank den eigenen Balkon schneefrei machte. Frank hatte sich seine Sandkastenschaufel aus dem Keller geholt und schippte den Schnee von seiner Seite zur anderen Seite, weil er es noch nicht schaffte, ihn über das Geländer zu werfen.

Nach einer guten halben Stunde waren die Männer mit dieser Arbeit fertig. „Wir sollten auch den Weg vom Haus bis zur Straße freischaufeln, sonst kommen wir nachher nicht heraus, selbst wenn die Straße geräumt ist." Gesagt, getan.

Ziemlich erschöpft kamen die Männer nach einer weiteren halben Stunde herein. Frau Müller hatte inzwischen mit Frau Dacher den Frühstückstisch gedeckt. Zwar gab es keine frischen Brötchen, aber das Angebot an leckeren Sachen war dennoch recht groß.

„Ich sage eben Frau Schmal Bescheid, damit sie mit uns frühstücken kann", sagte Frau Müller und ging über den Flur. Zwar zierte sich ihre Nachbarin ein wenig. Aber nach einigem Zureden kam sie mit. „Meine Tochter ist beruhigt, dass ich über die Feiertage nicht verhungern muss", sagte sie, als sie sich setzte.

Auch Finja musste ihre Neuigkeit gleich loswerden: „Wir machen das Krippenspiel morgen. Ihr kommt doch alle hin, nicht?" Dabei schaute sie in die Runde. Alle nickten. Dann ließen sie sich das Frühstück gut schmecken.

Weil das Frühstück wegen des Schneeräumens auf den Balkonen recht spät stattfand, wurde auch das Mittagessen erst bereitet, als es schon zu dämmern begann. Während die Frauen in der Küche arbeiteten, waren die Kinder in ihren Zimmern und übten noch fleißig ihre Gedichte. Schließlich wollten sie sich vor dem Weihnachtsmann nicht blamieren.

Herr Müller hatte inzwischen alle Geschenke für die Kinder, auch die für Tobias, in einen großen Sack getan und ins Weihnachtszimmer gelegt. Frau Müller hatte noch eine Schachtel Pralinen weihnachtlich eingewickelt. Das sollte Frau Schmal erhalten. Auch dieses Geschenk befand sich nun in dem Sack.

Beim Mittagessen wurden die Kinder schon etwas unruhig. Aber erst, als alle mit dem Essen fertig waren, fragte Frank: „Wann kommt denn nun der Weihnachtsmann?" Sein Vater sah ihn und Finja mit ernsten Augen an: „Der kommt in diesem Jahr gar nicht."

Nicht nur bei seinen beiden Kindern, auch bei Tobias, sah man total entsetzte Gesichter. „Was?", riefen sie durcheinander. Finja fasste sich als Erste: „Aber der Weihnachtsmann hat doch einen Schlitten und ganz schnelle Rentiere. Dem macht der Schnee doch nichts aus."

Herr Müller hob die Hand und wartete, bis alle wieder still waren. „Der Weihnachtsmann kann mit seinem Schlitten schon durch den Schnee fahren, aber bei so viel Schnee geht es nicht so schnell. Deshalb ist er heute schon ganz früh am Morgen aufgebrochen. Als ihr vorhin in euren Zimmern ward, hat er nur ganz schnell den Sack mit den Geschenken abgegeben und ist dann weitergefahren. Schließlich sollen doch alle Kinder heute beschert werden."

Auf der einen Seite waren die Kinder froh, dass es Geschenke geben würde. Andererseits war es schade, dass der Weihnachtsmann sie ihnen nicht persönlich überreichen würde. Aber sie hatten Verständnis dafür, dass er die anderen Kinder auch versorgen musste.

Endlich war es soweit. Das Glöckchen erklang, und alle betraten das Weihnachtszimmer. Der Baum strahlte in hellem Glanz. Der Blick der Kinder war aber auf den Sack gerichtet, der unter dem Weihnachtsbaum lag.

„Aber eure Gedichte sagt ihr trotzdem auf", sagte Frau Müller. Frau Dacher nickte dazu. Der Reihe nach stellten sich die Kinder vor den geschmückten Baum und sagten ihre gelernten Gedichte auf. Dabei waren sie doch schon recht nervös, denn sonst war bei ihren Vorträgen ja nur die eigene Familie anwesend. Aber alle schafften es, ohne einmal stecken zu bleiben.

Bevor aber die Geschenke verteilt wurden, sagte Frau Schmal: „Ich kenne auch noch ein Gedicht aus meiner Kinderzeit." Dann stellte sie sich vor den Weihnachtsbaum, machte einen kleinen Knicks und begann:

„Joseph von Eichendorff:

Markt und Straßen steh'n verlassen,

still erleuchtet jedes Haus.

Sinnend geh' ich durch die Gassen,

alles sieht so festlich aus."

Sie konnte alle vier Verse auswendig vortragen, ohne einmal stecken zu bleiben. Alle Anwesenden applaudierten.

Die Kinder bekamen ihre Geschenke und nahmen sie mit leuchtenden Augen entgegen. Finja hatte ihre Puppe bekommen, Frank das Modellauto und Tobias einen Baukasten. Dann wandte sich Herr Müller zu Frau Schmal: „Sie haben doch ebenfalls ein Gedicht aufgesagt. Dann bekommen sie auch ein Geschenk." Sie konnte es nicht glauben, dass sie an diesem besonderen Tag etwas erhalten sollte. Sie bedankte sich wieder mit einem Knicks.

Die Erwachsenen saßen bei einem Glühwein noch eine ganze Zeit zusammen. Frau Schmal erzählte, wie es in ihrer Kindheit zu Weihnachten zuging. Manche der Bräuche kannten auch die anderen, aber einige waren ihnen fremd. So waren Frau Müller und auch Frau Dacher mit ihren Eltern am Heiligen Abend zu den ganz armen Leuten gegangen und hatten ihnen einige Äpfel und ein paar selbst gestrickte Socken gebracht. Herr Dacher wusste zu berichten, dass in dem Ort, aus dem er kam, am Weihnachtstag auf dem Dorfplatz ein großes Feuer angezündet wurde.

Die Kinder hatten ihre Spielsachen mit in ihr Zimmer genommen. Finja kämmte ihre Puppe und kreierte immer wieder neue Frisuren. Frank fuhr mit seinem Auto durch die Gegend und Tobias versuchte mit seinem Baukasten, ein schickes Haus zusammenzusetzen. Sie waren so beschäftigt, dass sie ganz vergaßen, dass in diesem Jahr gar kein Weihnachtsmann bei ihnen gewesen war.

Am nächsten Morgen waren die Straßen geräumt. Die Männer der Stadtreinigung hatten den Heiligen Abend und auch noch die halbe Nacht gearbeitet, damit die Menschen am nächsten Tag ihre Häuser verlassen konnten.

Am Nachmittag waren dann alle in der Kirche, auch Frau Schmal hatte sich mit auf den Weg gemacht. Finja war zwar ganz aufgeregt, aber sie hatte sich am Vormittag noch mehrfach von ihrer Mutter den Text abhören lassen. So klappte es bei der Aufführung ohne Stocken. Die anderen Kinder waren ebenfalls bestens vorbereitet. Die Hirten sangen, während sie auf den Stall zugingen. Die Weisen aus dem Morgenland schritten würdevoll durch den Gang nach vorne, so wie es sich für gelehrte Männer gehörte.

Auf dem Heimweg waren sich alle einig: Dieses Weihnachtsfest würde man bestimmt nicht mehr vergessen.

Geschenke

„Warum kommt der Weihnachtsmann nicht schon heute?" Mit großen Augen sah der 4-jährige Finn seinen Vater an. Auch Lea, Finns 7-jährige Schwester, wartete gespannt darauf, was ihr Vater nun antworten würde.

„Der Weihnachtsmann kommt am Heiligen Abend und das ist erst morgen", begann der Vater. Dann wechselte er das Thema: „Wisst ihr denn eigentlich, warum wir Weihnachten feiern?"

Finn hatte ganz schnell eine Antwort parat: „Damit wir Geschenke bekommen." Der Vater runzelte die Stirn. Aber dann antwortete Lea: „Da wurde doch Jesus, das Christkind, geboren." Zufrieden schaute er seine Tochter an.

„Gott hat uns seinen Sohn geschenkt, damit wir einmal in den Himmel kommen", erklärte er. „Deshalb beschenken wir uns auch." Nach einer kurzen Pause fuhr er fort: „Was schenkt ihr denn der Mutti?"

Wieder war Finn der Erste, der antwortete: „Ich habe ihr ein Bild gemalt." Lea schaute ihn spöttisch an. „Du meinst doch nicht etwa das Gekritzel, das oben auf deinem Bett liegt." Hier musste der Vater schnell einschreiten, denn Finn streckte die Fäuste zum Kampf aus und wollte seine Schwester verhauen.

„Und du?", fragte der Vater seine Tochter. „Ich habe ihr Topflappen gehäkelt. Oma hat mir gezeigt, wie es geht."

Das war die Gelegenheit für Finn, sich zu revanchieren: „Wahrscheinlich hat sie gehäkelt, und du hast nur nebenbei gesessen." Wieder musste der Vater verhindern, dass sich seine Kinder prügelten.

„Übrigens, die weisen Männer, die Jesus kurz nach der Geburt besuchten, haben ihm auch Geschenke mitgebracht", sagte der Vater, der das Thema wieder auf Weihnachten bringen wollte. „Sie hatten Weihrauch, Myrrhe und Gold dabei."

„Was für'n Zeug?", fragte Finn. Auch seine Schwester schaute ihren Vater fragend an. „Gold, das kann ich mir schon vorstellen. Dafür kann man sich etwas kaufen", sagte Lea. „Aber was sind denn das andere für Sachen?"

„Nun", begann der Vater, „Weihrauch hat man früher auf Wunden gestreut, damit sie besser heilen. Manche haben ihn auch gegessen. Sie meinten, damit besonders klug zu werden."

„Und das andere, das My...dingsbums?", fragte Finn.

„Myrrhe hat man auch gegessen, wenn man zum Beispiel Bauchweh hatte." Mehr Erklärungen wollte er seinen Kindern nicht zumuten. Viel mehr hatte er aber auch nicht gewusst. Dann stellte er die entscheidende Frage an seine Kinder: „Was hättet ihr Jesus denn geschenkt, wenn ihr ihn hättet besuchen können?"

Finn überlegte nicht lange: „Ich hätte ihm mein Spielzeugauto geschenkt." „Du meinst doch nicht das, bei dem schon zwei Räder fehlen?" Seine Schwester sah ihn tadelnd an.

„Na ja", stotterte Finn, „wenn ich zu Weihnachten ein neues Auto bekomme, hätte ich ihm natürlich das geschenkt." Aber überzeugend klang das nicht.

„Und was ist mit dir", bohrte der Vater bei seiner Tochter weiter. Lea überlegte. Ihre Puppen waren für einen Jungen sicher kein passendes Geschenk. „Vielleicht könnte ich ihm ein Mützchen häkeln, damit er nicht friert." Und weil ihr Bruder sie scharf anschaute, ergänzte sie: „Bestimmt wird mir Oma dabei helfen."

Finn wollte auch etwas gegen das Geschenk seiner Schwester sagen, aber ihm fiel nichts ein. Deshalb schwieg er lieber. Vielleicht konnte der Weihnachtsmann ihre Unterhaltung hören, und da wollte er doch möglichst einen guten Eindruck hinterlassen. Das würde sich auch sicher positiv auf die Geschenke auswirken.

Da hatte der Vater eine Idee: „Ich weiß etwas, was ihr der Mutti schenken könnt, und das kostet kein Geld." Die Gesichter der Kinder sahen aus wie große Fragezeichen.

„Die Mutti würde sich ganz bestimmt darüber freuen, wenn ihr euer Zimmer richtig aufräumt, vor allem die Spielsachen einmal richtig wegpackt." Der Vater machte eine Pause, denn ganz hatte er sein Thema noch nicht erreicht. „Und bei den Spielsachen sind doch einige Dinge dabei, mit denen ihr doch gar nicht mehr spielt. Die packen wir dann in einen Karton und bringen sie morgen Vormittag ins Waisenhaus."

Nun, Begeisterung sah anders aus. Aber anderen eine Freude zu bereiten sei oft mit Mühe verbunden, erklärte der Vater weiter. Ausschlag gab aber dann der Satz: „Ich helfe euch auch dabei."

Dann ging es los. Die schmutzigen Sachen brachten die Kinder in den Keller, die übrige Kleidung legten sie sorgfältig zusammen.

Dann waren die Spielsachen an der Reihe. Der Vater hatte einen großen Karton geholt, in den alles gelegt wurde, womit die Kinder nicht mehr spielten. Finn hatte außer den Bauklötzen auch sein Auto, das nur noch zwei Räder hatte, hineingelegt. Lea hatte ihre Buntstifte, ein halb volles Malbuch und eine Puppe, der ein Arm fehlte, hineingetan.

Nachdem sie auch noch die Tische in ihren Zimmern abgewischt hatten, waren sie doch ein bisschen stolz auf sich. Allerdings war ihr Vater noch nicht ganz zufrieden: „Ihr habt nur die Sachen in den Karton gelegt, die ihr nicht mehr haben wollt. Ein schönes Geschenk für die Waisenkinder wäre es aber auch, wenn sie noch ein schönes, und vor allem heiles Spielzeug bekämen."

Finn und Lea war das gar nicht recht. Aber sie beugten sich dem Vorschlag ihres Vaters. Finn opferte einen Bagger, mit dem er gerne spielte. Er hatte auch schon Ärger bekommen, als er mit dem Bagger ein volles Glas transportieren wollte, das dabei natürlich umkippte. Lea besaß ein Buch, aus dem sie die ersten Buchstaben, Zahlen und Begriffe gelernt hatte. Immer wieder schaute sie hinein, um sich zu vergewissern, dass sie alles aus dem Buch noch wusste. Das wanderte auch in den Karton. Sie würde sicher bald ein neues Buch brauchen, das andere und schwerere Worte enthielt. –

Am nächsten Morgen zeigten sie ihrer Mutter ihre Zimmer. Sie hatten sogar ihre Betten gemacht. Gerade noch rechtzeitig war Finn eingefallen, das Bild für die Mutter zu verstecken. Sie sollte es ja erst am Abend bekommen. „Das habt ihr ganz toll gemacht!", lobte sie ihre Mutter. „Das nenne ich eine echte Weihnachtsüberraschung." Auch der Karton mit den Spielsachen, den sie ins Waisenhaus bringen wollten, fand ihre volle Zustimmung. –

Im Waisenhaus wurden sie von der Leiterin empfangen. Der Vater hatte vorher ihren Besuch telefonisch angekündigt. Sie bat alle Drei in ihr Büro, stellte einen Teller mit Plätzchen auf den Tisch und für den Vater eine Tasse Kaffee.

„Die meisten Kinder kennen ihre Eltern nicht. Sie waren noch ganz jung, als die gestorben sind", erklärte die Leiterin. „Außerdem haben wir nicht viel Geld, um den Kindern zu Weihnachten Geschenke zu machen. Da freuen wir uns über jede Spende."

Bei diesen Sätzen leuchteten die Augen von Finn und Lea. Sie hatten mit ihrer Aufräumaktion Gutes bewirkt. Und beide nahmen sich vor, im nächsten Jahr wieder einige von ihren Spielsachen ins Waisenhaus zu bringen und damit den Kindern dort Freude zu bereiten. –

Der Weihnachtsmann brachte Finn ein Auto, das noch alle Räder hatte. Lea erhielt eine Puppe, an der noch beide Arme dran waren. Auch sonst hatte er die Wünsche der

Kinder erfüllt, die sie auf ihre Wunschzettel geschrieben hatten.

„Meinst du, dass sich die Kinder im Waisenhaus über unsere Spielsachen gefreut haben?", fragte Lea, als sie dann beim Abendbrot saßen. „Da bin ich ganz sicher", antwortete der Vater.

„Es war gar nicht so schwer, anderen eine Freude zu machen", stellte Lea dann fest. Finn nickte dazu, obwohl er seinem Bagger doch noch ein wenig nachtrauerte.

Tierfreund Sören

Trotz seiner sechs Jahre wusste Sören eine ganze Menge über Tiere. Er hatte schon viele Bilderbücher mit Tieren angeschaut und kannte alle ihre Namen. Ganz viel Wissen hatte er aber von seiner Mutter, die ihm zahlreiche Tiergeschichten vorgelesen hatte.

Am liebsten hätte er gerne selbst ein Haustier, und zwar einen Hund. Aber das war in dieser Wohnung – sie liegt im achten Stock eines Hochhauses – nicht möglich. So richtig hatte sich Sören aber noch nicht damit abgefunden.

Umso mehr freute er sich auf jeden Besuch bei seinen Großeltern, die auf einem Bauernhof lebten. Dort gab es viele Tiere, Kühe, Schweine, Gänse und den Hund Wuschel. In ihn war Sören so richtig vernarrt. Wenn er einen solchen Hund bekommen könnte ...

Der Wunschzettel, den Sören schrieb oder besser zeichnete, enthielt hauptsächlich Dinge, die mit Tieren zu tun hatten. Ganz konkret hatte er sich nicht geäußert. Der Weihnachtsmann würde schon das Richtige für ihn heraussuchen.

Am Heiligen Abend war Sören ganz gespannt, was für ihn unter dem Weihnachtsbaum liegen würde. Er wurde nicht enttäuscht: Ein Malbuch mit vielen Tieren, dazu eine Schachtel mit Buntstiften in vielen verschiedenen Farben; außerdem noch ein Karton mit zwölf Klötzen, die

– wenn man sie richtig gedreht und angeordnet hatte – Tierbilder ergaben. Immer wieder rief Sören: „Danke, lieber Weihnachtsmann!"

Eigentlich wollte Sören gleich beginnen, das erste Tier auszumalen, aber seine Eltern unterbrachen ihn: „Du musst heute zeitig ins Bett gehen. Morgen fahren wir nämlich zu Oma und Opa." Den Jubel, zu dem Sören durch die Stube tanzte, können wir uns gut vorstellen.

Zwar wollte Sören gerne noch länger aufbleiben, aber mit dem Hinweis auf den bevorstehenden Besuch verstummten alle seine Argumente. Und er schlief auch recht schnell ein, nachdem ihm seine Mutter noch einen Gute-Nacht-Kuss gegeben hatte. –

Wuschel begrüßte ihn freudig: „Wie geht es dir?" Sören war kein bisschen erstaunt, dass der Hund mit ihm sprach. „Hat dir der Weihnachtsmann auch schöne Sachen gebracht?" Sören erzählte, was er bekommen hatte. „Da hast du aber Glück gehabt, dass der Weihnachtsmann nicht erfahren hat, dass du deine Mutter belogen hast."

Der Junge wusste nicht, was Wuschel gerade meinte. „Deine Mutter hatte dich neulich gerufen, du solltest ihr helfen; hast du aber nicht gemacht. Hinterher hast du ihr gesagt, dass du nichts gehört hast. Aber das stimmte nicht."

Langsam kam bei Sören die Erinnerung wieder. Er war gerade so schön im Spielen vertieft, da wollte er sich nicht unterbrechen lassen. „Ja, stimmt schon", sagte er etwas kleinlaut. Dann streichelte er Wuschel und beide liefen über den Hof.

Als Sören am Gehege der Gänse angekommen war, hörten sie gerade auf zu schnattern. „Na, hast du auch 'was zu Weihnachten bekommen?", fragte die Gans Greta. Er erzählte von seinen Geschenken. „Ts, ts", machte Greta, „dann hat der Weihnachtsmann wohl nicht erfahren, dass du, als Tante Frieda euch besucht hat, immer dazwischen geredet hast. Erst als deine Mutter so richtig böse geworden ist, warst du ruhig."

Ja, es stimmte. Er wollte Tante Frieda so viel erzählen, schließlich kam sie nur ganz selten zu Besuch. Dass sich seine Eltern auch mit ihr unterhalten wollten, war ihm gar nicht in den Sinn gekommen.

Das Pferd Paul trabte an das Gatter, als Sören näher kam. Er streichelte es und fuhr mit der Hand durch seine Mähne. „Schön, dass du uns besuchst. Erzähle von Weihnachten und deinen Geschenken." Das tat Sören, allerdings nicht mehr so freudig wie bei Wuschel und Greta.

Paul freute sich mit Sören über dessen Geschenke, gab aber zu bedenken, dass er sie vielleicht nicht so richtig verdient hätte. „Weißt du noch, als du unbedingt den grünen Pullover zu der blauen Jeans anziehen wolltest, deine Mutter aber sagte, dass das nicht zusammenpassen würde. Du solltest lieber den grauen Pullover mit den roten Streifen nehmen."

Auch jetzt kam die Erinnerung wieder. Er hatte sogar mit dem Fuß aufgestampft, damit er seinen Willen durchsetzen konnte. Da hatte seine Mutter aufgegeben und ihn den grünen Pullover anziehen lassen. Und er erinnerte sich, dass manche Gäste auf der Geburtstagsfeier, zu der er eingeladen gewesen war, ihn so merkwürdig angesehen hatten. „Ja, das stimmt. Meine Mutter hatte recht gehabt."

Ein wenig geknickt ging er in den Kuhstall. Ganz vorne stand Karla, eine schwarz-weiße Kuh mit den ganz großen Augen. „Hallo Sören", begrüßte sie ihn, als sie ihn erkannt hatte. „Schön, dass du uns hier besuchst." Dann kam die Frage, auf die Sören schon gewartet hatte: „Was hast du denn zu Weihnachten bekommen?" Sören erzählte es ihr.

Karla wackelte mit dem Kopf und schlug mit ihrem Schwanz aus: „Da hast du aber Glück gehabt." In Sörens Gesicht erschien ein Fragezeichen: „Wieso?" Er ahnte schon, dass wieder etwas kommen würde, bei dem er nicht richtig gehandelt hatte.

„Denke an die Blumenvase, die du heruntergeworfen hast, als du mit deinem Freund Fred wild durch deren Wohnung gerannt bist. Dann habt ihr die Scherben zusammengesammelt und in die Mülltonne geworfen, aber kein Wort gesagt."

Auch jetzt kam Sören die Erinnerung wieder. Sie hatten in der Wohnung ,Fangen' gespielt. Dabei hatte er die Vase angestoßen. Sie fiel zu Boden und ging kaputt. Da aber Freds Eltern nicht zu Hause waren, hatten sie so getan, als sei nichts passiert.

Als dann doch herausgekommen war, was die beiden Jungen gemacht hatten, hatte Sörens Mutter ihn ganz traurig angesehen: ‚Wenn du etwas kaputt gemacht hast, musst du auch dazu stehen.' Wie zur Bestätigung stupst ihn Karla mit ihrer Nase an den Arm: „In Zukunft machst du es besser, nicht wahr." „Ja!" Wieder spürte er, wie jemand seinen Arm berührte.

Als er die Augen aufmachte, schaute er in das Gesicht seiner Mutter. Etwas verwirrt begann er: „Du bist doch gar nicht ..." Dann war ihm klar, dass er nur geträumt hatte.

Ganz schnell stand er auf, denn er wollte nicht, dass seine Eltern auf ihn warten mussten. Beim Frühstück war er ganz still, sodass seine Mutter ihn fragte, ob er krank sei. Er holte auch das Geschenk, das er schon vor Wochen für seine Großeltern gebastelt hatte, aus dem Schrank, ohne dass ihn jemand daran erinnern musste.

Auf der Fahrt ging er noch einmal die Gespräche durch, die die Tiere mit ihm geführt hatten. Er wollte sich im nächsten Jahr bessern und immer artig sein. Und er begann gleich damit, dass er nicht fragte: ‚Sind wir bald da?', wie er es bei den letzten Besuchen immer gemacht hatte. Still freute er sich auf Wuschel, auch wenn der jetzt nicht mit ihm sprechen würde.

In der Weihnachtsnacht

„Paul, wir müssen noch den Stall und die Krippe aufbauen!" Der Pastor wandte sich mit diesen Worten an seinen Küster. „Schließlich soll morgen zum Weihnachtsgottesdienst alles parat sein."

Paul brummte etwas Unverständliches. Schließlich hatte er schon den Tannenbaum aufgestellt und geschmückt. Wie in jedem Jahr waren die Weihnachtssachen ganz hinten in dem kleinen Keller gewesen und im Laufe des Jahres von vielen anderen Dingen zugestellt worden. Und er war auch nicht mehr der Jüngste.

Während er sich auf den Weg in den Keller machte, verließ der Pastor die Kirche. Er müsse noch an seiner Predigt arbeiten, hatte er im Weggehen gemurmelt. Dann schloss er die Tür hinter sich.

Einige Male musste Paul den Weg in den Keller gehen, um die Ständer, das lange Holzbrett, den Stall, den Palast des Königs und den Karton mit den Figuren ins Kirchenschiff zu holen. Dann konnte er mit dem Aufbau beginnen.

Als das Brett auf den Ständern lag, stellte er den Stall in die Mitte und den Palast am linken Ende hin. Von hier sollten die Weisen aus dem Morgenland kommen. An der rechten Seite war dann Platz für die Hirten und die Schafe. So sollte die ganze Weihnachtsgeschichte in einem Bild dargestellt werden.

153

‚Den Rest kann ich auch morgen früh machen', sagte er zu sich und stellte den Karton mit den Figuren auf einen Stuhl. Sicher waren die Figuren im letzten Jahr eingepackt worden, ohne sie abzuwischen. Das würde noch eine Menge Arbeit machen. Aber jetzt war er zu müde dazu. ‚Dann werde ich morgen eben früher aufstehen.'

Er überprüfte noch, ob alle Fenster geschlossen und die Seitentüren verriegelt waren. Als er die Kirche verließ, schloss er die Haupttür sorgfältig ab. Auch wenn zu Hause am Heiligen Abend niemand auf ihn wartete, freute er sich auf ein Glas Glühwein, das er in seinem bequemen Sessel sitzend trinken würde. –

Um Mitternacht begann es in dem Karton mit den Figuren zu rascheln. Der Deckel öffnete sich und die Figur von Josef kam heraus, dicht gefolgt von Maria. Beide gingen zum Stall, in dem eine Krippe stand. Auch die Tiere, die in den Stall gehörten, folgten ihnen. Dort wickelte Maria ihr neugeborenes Kind in Windeln und legte es in die Krippe.

Anschließend stiegen mehrere Schafhirten aus dem Karton. Ihnen folgten ihre Schafe, die lustig heraussprangen und sich auf die linke Seite der Szene stellten.

Ganz zu Schluss kamen, gemessenen Schrittes, auch die weisen Männer aus dem Kasten und gingen zum Königspalast. Dort drehten sie sich aber um, sodass sie dem Schloss den Rücken zukehrten.

Es raschelte noch ein wenig in der Kiste, dann schloss sich der Deckel wieder. –

Am nächsten Morgen war Paul als Erster in der Kirche. Staunend stand er vor der Szenerie. „Das hat der Pastor aber ganz klasse hinbekommen", sagte er laut. Dann hörte er die Schritte des Pastors hinter sich. „Danke, dass Sie das so toll aufgebaut haben", lobte Paul seinen Vorgesetzten.

Der Pastor kam heran und staunte. „Ich habe nichts gemacht. Hast du das nicht gestern Abend noch aufgebaut, Paul?" „Nein, ich war zu müde dazu." „Aber wer soll es denn sonst gemacht haben?" Paul und der Pastor kratzten sich nachdenklich am Kopf.

„Du hast doch die Türen alle abgeschlossen?" „Natürlich, wie immer, Herr Pastor." „Und außer uns beiden hat doch niemand einen Schlüssel." „Genau."

Paul öffnete die Kiste, in der die Figuren aufbewahrt wurden. Sie stand immer noch auf dem Stuhl, auf den er sie hingestellt hatte. Er öffnete den Deckel. Das Papier, in das die Figuren eingewickelt waren, war sorgfältig gefaltet. Paul schüttelte den Kopf.

Etwas ratlos standen die beiden Männer vor der aufgebauten Weihnachtsgeschichte. „Dann ist hier ein Wunder geschehen", versuchte der Pastor eine Erklärung, „ein Weihnachtswunder in unserer Kirche."

Was ist Weihnachten?

„Was ist da unten bloß los?" Mit dieser Frage wandte sich das Eichhörnchen an den Raben, der neben ihm auf einem Ast gelandet war.

„Was meinst du denn?"

„Na, die vielen Leute da unten. Die reißen Tannenbäume aus und schleppen sie weg."

„Das weiß ich auch nicht", antwortete der Rabe, „und es interessiert mich auch nicht besonders."

„Aber das machen sie doch sonst nicht, nur heute", ließ das Eichhörnchen nicht locker. „Und außerdem zerstören sie meine Verstecke mit den Nüssen für den Winter."

„Du weißt doch sowieso nicht mehr, wo du sie versteckt hast." Damit wollte der Rabe die Unterhaltung beenden.

Das Eichhörnchen überhörte diese Bemerkung. „Was wollen die Menschen bloß mit den Bäumen?"

Der Rabe krächzte und ging nicht auf diese Frage ein. Aber das Eichhörnchen ließ nicht locker: „Irgendetwas Besonderes muss jetzt los sein." Und nach einer kurzen Pause fuhr es fort: „Wir müssten jemanden fragen, der Bescheid weiß."

Als der Rabe nicht reagierte, fauchte das Eichhörnchen ihn an: „Du bist doch sonst so schlau, warum weißt **du** das nicht."

Es entstand eine Pause, während die beiden Tiere die Menschen mit den Tannenbäumen weiter beobachteten.

Das Eichhörnchen hatte wohl nachgedacht, wer darüber etwas wissen könnte, und sagte dann: „Wir fragen Frau Eule, die weiß doch immer alles."

„Eine Eule schläft am Tag", war die kurze Entgegnung des Raben.

Davon ließ sich das Eichhörnchen aber nicht abhalten: „Komm, wir suchen sie und fragen sie dann." Wieder krächzte der Rabe, und das konnte alles bedeuten: ‚Ja, machen wir!' oder ‚Lass mich endlich in Ruhe!'

Das Eichhörnchen baute sich vor dem Raben auf und streckte seinen buschigen Schwanz nach oben. Es sah fast so aus, als wollte es den Raben vom Ast herunterschubsen.

„Na gut", gab sich der Rabe geschlagen, „ich flieg 'mal los und schau, in welchem Baum sie schläft."

Nach wenigen Minuten war er wieder zurück: „Dort drüben in dem Baum habe ich sie gesehen." Dann flog er voraus und das Eichhörnchen folgte ihm, wobei es allerdings auf dem Waldboden laufen musste. Viel lieber wäre es von Ast zu Ast gehüpft.

Dort angekommen platzierten sie sich direkt vor der Eule. Wie es der Rabe gesagt hatte, schlief sie. Ihre Augen waren geschlossen. Auch sonst bewegte sie sich überhaupt nicht.

„Wir müssen sie wecken", forderte das Eichhörnchen.

„Dann 'mal zu", entgegnete der Rabe und machte keine Anstalten, dem Wunsch seines Begleiters nachzukommen.

„Hallo, Frau Eule", begann das Eichhörnchen. „Sie sind doch so schlau. Wir haben da 'mal eine Frage." Bei der Eule war keine Reaktion zu erkennen.

„Versuch du es einmal, sie zu wecken!" Der Rabe krächzte wieder.

„Du bist aber keine große Hilfe!", beschwerte sich das Eichhörnchen. Dabei hatte es die Eule nicht aus den Augen gelassen. „Ich glaube, die hat sich bewegt", stellte es wenig später fest. „Und jetzt hat sie ein Auge aufgemacht!"

„Warum stört ihr mich beim Schlafen." Die Worte der Eule klangen nicht besonders freundlich. Während sie sprach, öffnete sie auch das andere Auge. Dann drehte sie den Kopf hin und her und betrachtete die beiden Störenfriede.

„Hast du gar nicht bemerkt, dass da Menschen durch den Wald gehen, Tannenbäume ausreißen und wegschleppen?", fragte das Eichhörnchen. „Warum machen die das und was soll das?"

Die Eule plusterte sich auf. „Die Menschen holen sich einen Weihnachtsbaum." Als hätte sie damit alles Notwendige gesagt, schloss sie ihre Augen wieder. Aber das Eichhörnchen war damit nicht zufrieden.

„Was ist denn ein Weihnachtsbaum?", fragte es weiter. „Wozu braucht man den? Was machen die Menschen damit? Und überhaupt, was ist denn Weihnachten?"

Der Rabe schüttelte den Kopf. Ob die Eule alle diese Fragen beantworten konnte?

Langsam und nacheinander öffnete sie wieder ihre Augen und sagte dann: „Weihnachten hat ein Mann namens Jesus Geburtstag. Und dafür brauchen sie die Bäume."

„Dann gibt es also ein ganz großes Fest für diesen Jesus, und sie schenken ihm dann diese Bäume", stellte das Eichhörnchen fest.

„Nein", sagte die Eule weiter. „Jesus ist schon vor langer Zeit gestorben. Jede Familie feiert für sich. Sie stellen den Tannenbaum in ihr Zimmer und schmücken ihn mit brennenden Kerzen, damit es festlich aussieht."

„Das ist doch blöd, einen Geburtstag zu feiern, wenn der, der Geburtstag hat, schon lange tot ist und gar nicht dabei sein kann."

Inzwischen wunderte die Eule sich nicht mehr über die naiven Fragen und erklärte weiter: „Jesus ist gestorben und dann wieder lebendig geworden. Und jetzt lebt er im Himmel."

„Und was macht er im Himmel?", will das Eichhörnchen weiter wissen.

„Er wartet auf die artigen Menschen, die dann mit ihm im Himmel leben dürfen. Das hat er zumindest versprochen."

Das Eichhörnchen überlegte weiter. Dabei wedelte es so mit seinem Schwanz hin und her, dass es beinahe vom Ast heruntergefallen wäre. Schließlich kam es zu der Überzeugung: „Und weil sie seinen Geburtstag ohne ihn feiern, sind sie artig." Irgendwie fand das Eichhörnchen das merkwürdig.

Die Eule drehte ihren Kopf von links nach rechts. Es sah so aus, als ob sie ihn schüttelte. „Nein! Sie müssen ihr ganzes Leben artig sein. Ein Tag genügt nicht dafür." Und nach einer Weile fügte sie an: „Und sein Geburtstag heißt nicht Geburtstag, sondern Weihnachten."

„Aha", sagte das Eichhörnchen und kratzte sich mit seiner Pfote hinter dem Ohr. Es sah aber nicht so aus, als hätte es alles verstanden, was die Eule gesagt hatte.

Nun ließ sich auch der Rabe vernehmen: „Woher weißt du das alles?"

„Das habe ich gehört", war die Antwort. „Neulich stand ein Mann mit seinem Kind unter meinem Baum und hat es ihm erklärt."

„Mitten in der Nacht?", fragte der Rabe verwundert, weil die Eule ja gewöhnlich nur nachts wach ist.

„Natürlich war das am Tag. Was sollte der Mann mit seinem Kind in der Nacht im Wald?"

„Am Tage schläfst du doch. Wie konntest du das hören?", wandte der Rabe ein.

„Ich schlafe zwar, aber meine Ohren sind trotzdem wach."

In der Zwischenzeit hatte das Eichhörnchen nachgedacht: „Also kommt dieser Jesus nicht zu seiner Geburtstagsfeier. Das ist dann ja ganz praktisch. Dann brauchen ihm die Menschen auch nichts zu schenken."

Die Eule schüttelte wieder ihren Kopf, indem sie ihn ganz schnell hin und her drehte. „Du begreifst auch gar nichts. Im Himmel ist es ganz toll. Da wollen alle Menschen hin.

Deshalb sind sie artig oder versuchen es zumindest", sagte die Eule. „Und nun lasst mich weiter schlafen. Sonst bin ich heute Nacht so müde und kann keine Mäuse fangen." Damit machte sie beide Augen wieder zu. Für sie war damit die Unterhaltung beendet.

Ganz hatte auch der Rabe nicht verstanden, was die Eule ihnen erklärt hatte. Aber dann wechselte das Eichhörnchen das Thema: „Jetzt habe ich Hunger. Ich werde mir ein paar Nüsse suchen."

„Wenn du sie überhaupt noch findest", meinte der Rabe und flog davon.

Auch das Eichhörnchen verließ den Baum mit der Eule und dachte dabei: ‚Es ist schon toll, wenn man so kluge Freunde hat.' Dann nahm die Suche nach seinen versteckten Nüssen seine ganze Aufmerksamkeit in Anspruch.

Vom gleichen Autor erschienen ist das Buch

erhältlich im Buchhandel

Vom gleichen Autor erschienen ist das Buch

erhältlich im Buchhandel